アンドロイドは愛されない

愁堂れな

幻冬舎ルチル文庫

CONTENTS ✦目次✦

アンドロイドは愛されない

✦イラスト・蓮川 愛

アンドロイドは愛されない……3
それから……189
あとがき……221

✦カバーデザイン＝chiaki-k（コガモデザイン）
✦ブックデザイン＝まるか工房

アンドロイドは愛されない

1

「アンドロイドの家政婦？」

思いもかけない橘令一《たちばなれいいち》からの提案に、蓮見奏《はすみかなた》は戸惑いから彼の言葉を鸚鵡《おうむ》返しにしていた。

「最近、メディアでも取り上げられているんですが、ご存じないですか？」

タブレットを手にした橘が小首を傾《かし》げるようにして問い掛けてくる。ブルーライトカットレンズの眼鏡《めがね》越しに見えるキリッとした目元、高い鼻梁《びりょう》、やや薄めだが形のいい唇と、本当に整った顔をしている、と改めて奏はその顔に見入ってしまった。

顔がいいだけでなく、身長は百八十五センチもあり、腰高で足も長く、スタイルもいい。出版社で編集者をやっているより、俳優になったほうがよかったのではないか。きっとあっという間にスターダムを駆け上ったことだろう。自分の作品の主演が彼だったら、さぞ嬉《うれ》しく感じたのではないか——密《ひそ》かにそんなことを考えている奏の職業は小説家である。

「最近、執筆に追われて、テレビもネットも観る時間がないんだ」

「書いているの、ウチの原稿ですよね？　まさかと思いますが、僕の目を盗んで他社の仕事、受けてないですよね？」

途端に橘の顔色が変わり、厳しい目で奏を見据えながら問い詰めてくる。

「君を三ヶ月も待たせているのに、他社の仕事を受けるわけがないだろう」

そこまで不義理ではない。むっとした奏の前で、橘の態度は一変し、おろおろとし始める。

「すみません、先生のお人柄を疑ったわけではないんです。でも先生の人気を思うと、他社があの手この手を使って割り込んでくるのではと、どうしても案じてしまって……前にあったじゃないですか。文壇の大御所を担ぎ出してきて、最初は対談だけという話だったのに、対談中に大御所に『同じテーマで短編を書きたいわ』と言わせ、断れなくしたことが」

「……あれは参ったよな」

大御所は女性で、あとから担当編集に泣きつかれたのだと言い訳と謝罪をされたが、依頼は覆らなかった。その後、スケジュールの立て直しにどれだけ苦労したことか。いや、まだ全然立て直せていない。思わず溜《た》め息を漏らした奏の前で、橘が憤った顔になる。

「蓮見奏先生の原稿がほしいという気持ちは僕も同じ編集者として理解できますが、卑怯な手を使った挙句、先生にご迷惑をおかけしてまで依頼するのはどうかと思います。先生のことを一番に考えるべきですよ。担当編集であるのなら！」

「そんなふうに考えてくれるのは多分、君だけだと思うよ」

奏の仕事先は五社あるが、橘以外の担当は耳に優しい言葉を告げてはくれるものの、橘のように親身になってくれることはない。十九歳で有名な文学賞の新人賞をとって以来、あっという間に人気小説家の仲間入りをした奏は、それから十年以上、その地位を保ち続けている。

口の悪い書評家は、奏の人気は作品によるものだけでなく、恵まれた容姿と、独身という立場も影響していると彼を貶《おとし》める。実際、奏の容姿は、世の中の多くの女性にとってはまさに『理想的』ともいえる端整なものだった。

本人は外見には無頓着であるため、髪も邪魔になれば切る程度だし、スキンケアなど気にかけたことはない。しかし凛々《りり》しい目元といい、男にしては長い睫《まつげ》に覆われたアーモンド形の瞳といい、すっと通った鼻梁といい、まさに『美貌』とはこういう顔だと体現している顔である。美貌といっても女性的な印象はさほどない。精悍《せいかん》というにはやや線が細いが、百七十六センチと高身長の部類に入る体型をしていた。

俳優やアイドルに混じって女性誌のイケメンランキングの常連となって十数年が経《た》つ。しかしその恵まれた容姿のせいでこのところの彼は非常にストレスを感じる事態に陥っていた。

「確かに僕はもともと先生のファン……というかほぼ信者でしたから」

照れたように笑う橘は、本人の言葉どおり、高校生のときに奏の小説を読んで以来熱烈なファンとなり、担当編集になりたいという一心で日本でも最高峰といわれる大学に進学、奏の著作が一番多い出版社の狭き門をことごとく突破して入社、圧倒的な努力と実力を発揮し、あっという間にその夢を叶《かな》えたという男なのだった。

念願叶って奏の担当になってからは、自社の予定だけでなく、他社での執筆予定や内容を、どのような手を使っているのか完全に把握し、マネージャーよろしくスケジュールのずれなどを完璧に調整してくれるようになった。

それだけではない。執筆に集中するあまり、生活面がおろそかになる傾向がある奏のために、食事のデリバリーや、ときには散らかりまくった部屋の掃除までしてくれ、悪いと思いながらも奏は彼に頼りきっていた。

だが、優秀すぎるがゆえに、橘は三ヶ月ほど前からその出版社ではトップクラスの売り上げを誇る大御所作家の担当が割り振られることとなった。ちょうどその大御所作家が新作の執筆に入る時期での担当替えで、今までのように奏にかかりきりというわけにはいかなくなり、奏の原稿も佳境を迎えていたので、家政婦を派遣してもらうことにしたのだが、この家政婦が逆に、その後の執筆遅延の理由となった。

最初に橘が依頼したのは、業界でも最大手といわれる会社だったのだが、派遣されてきた三十代半ばの女性は熱烈な奏のファンで、盗撮や私物の盗難が発覚したため解雇した。次も別の大手の信頼できる会社を選んだが、同じようなことが起こった上、食事に睡眠薬を混入させようとしていたのを、ちょうど監視カメラでチェックをしていた橘が気づいて慌てて駆けつけ、ことなきを得た。

三人目はかなり年配の女性を選んだが、やはり仕事を超えた接触を図ろうとされ、初回のみで断った。奏本人が美男子であることに加え、奏が書いている恋愛小説に入れ込んでいる彼女たちは、作中の男主人公を奏に投影するため、異常なほどののめり込みをみせるのではと橘は分析したとのことで、男性の家政婦にしてはどうだと提案してきたのだが、奏はそれをある理由から断り、今に至っている。

世の中の家政婦は皆プロ意識が高く、たとえ芸能人の家に通うことになっても問題を起こす確率は低いとのことだが、よりにもよって問題ある家政婦が三人も続いたことで奏のメンタルは削られ、執筆に支障をきたすようになっていた。それで新たな家政婦を橘が提案してきたのだが、まさかアンドロイドとは、と、奏は手渡されたタブレット端末に表示されているパンフレットに改めて視線を向けた。

「写真では人間と変わらないように見えるな」

「実物を見ましたが、機械とは一見わかりませんでした。技術の進歩はすばらしいですよね。そのうちに自分が向かい合っている相手が人間なのかアンドロイドなのか、わからない時代が来そうですよ」

眼鏡を外しながら橘が冗談なのか本気なのか迷うようなことを言い、苦笑してみせる。

「それも怖いな。この世界がアンドロイドに乗っ取られたりして」

「そうならないよう、さまざまな制限をかけるのをルール化しているとのことです。この家政婦ロボットに関しても、クライアントの不利益になることやクライアントが望まないことは一切しないとプログラムされているそうです。ＡＩによる学習機能でクライアントがより快適に過ごせるように日々進化していくというので、先生の執筆の障害もなくなっていくのではと思うんですが」

「アンドロイドか……」

「富裕層では静かなブームになりつつあるという話です。うちの社長の家でも使っているということで、大変快適だと社長も奥さんも満足していると聞きました」

「なるほど。実際使っている人が周りにいるのなら安心かもな」

奏は溜め息を漏らしつつ、パンフレットの若い女性にしか見えないアンドロイドの家政婦を眺めた。

今までの『ファン』を名乗る家政婦たちの、ねっとりした視線を思い出すだけで寒気がする。特に睡眠薬を仕込んでいたという彼女は解雇後もマンションの周辺で姿を見かけることがあり、橘経由で警察に通報してもらった。

アンドロイドであればそうしたストレスからは解放されるに違いない。とはいえ、他のストレスが生じることがないといいのだが。正直なところ、奏はあまり乗り気ではなかった。しかし家事をする時間があればその分執筆に充てたい。パンフレットの価格表はさすがに『富裕層では静かなブーム』といわれるだけあって、高額ではあった。が、支払えないというほどではない。

「試用期間が二週間あります。利用してみてイマイチだと思ったら無料で解約できますよ。加えて今まで、試用期間でキャンセルになったケースはゼロだそうです。期待できると思うんですよね」

橘の言葉に背を押され、奏は試してみようという気になった。

「わかった。お願いするよ」

「よかった。それじゃ、ちょっと待っててもらえますか？　今、連れてきます」

「え？」

連れてくるとは？　驚いた奏の前で、橘が頭をかく。

「すみません、結構人気が高いもので、キャンセル覚悟で手配しておいたんです。今、車の中で待機させています。すぐ連れてきますから」

言いながら橘は立ち上がったかと思うと、すぐ戻ります、と部屋を飛び出していった。そんな彼を唖然《あぜん》として見送っていた奏は、我に返るとやれやれと溜め息を漏らした。

橘に世話を焼かれているときには、そのありがたさを正直、実感できていなかった。そのくらい橘は自然に世話をしてくれていたのだと、家政婦に家事をしてもらうようになって改めて気づいた。

彼と初めて会ったときのことを思い出す。といっても奏が認識している『初めて』と橘の

『初めて』は時期にズレがあった。奏に記憶はなかったが、高校生のときにサイン会に来てくれていたのだそうだ。

奏の覚えている『初めて』は、当時の担当編集から、パーティで今年の新人だと紹介されたときだった。

『先生の大ファンなんですよ』

そう紹介してもらったが、リップサービスだと思っていた。が、よろしくと挨拶をかわした瞬間、目の前で橘が泣き出したため、唖然としてしまったのだった。

『夢なんです……先生の担当編集になるのが……！』

その言葉どおり、実績を積んで翌年にはその『夢』を叶えてしまった彼との付き合いはもう五年近くになる。『ファン』という言葉に嘘《うそ》はなく、自作を全て読破している上で、常に的確なアドバイスを与えてもくれる橘のことを、奏は担当編集として心から信頼していた。

とはいえ、生活面の世話まで焼いてもらっていたことはいきすぎだったかもしれない。彼がやってくれるのをいいことに甘えていた自分を今更反省していた奏の耳に、玄関のドアが開く音が響く。

奏の住居は高層マンションの低層階だった。オートロックだが、橘には合鍵を渡しているので、自由に出入りができる状態となっている。というのもかつて奏はインフルエンザで高熱を出したときに誰に連絡を取ることもできず臥《ふ》せっていたのだが、連絡がつかないことを心配した橘が管理会社と警備会社を巻き込んで中に入り、生死を確かめたということがあったため、それからは橘に合鍵を渡すこととなったのである。

奏の両親は既に鬼籍に入っており、きょうだいもいないので、いざというときに頼る身内が誰もいない。それなら自分が『いざというとき』には駆けつけますと言われては断る理由もなく、申し訳ないと思いながらも橘の好意に甘えることにしたのだが、彼が担当編集ではなくなったときのことは考えていなかった。

大御所作家にも気に入られているようだし、他の作家からも担当にしてほしいという希望が出るかもしれない。自分も当然希望はするが、かなわなくなることもあるかもしれないなと、ぼんやりとそんなことを考えていた奏の視線の先で、彼が一人座っていたリビングのドアが開く。

「お待たせしました。連れてきましたよ」

橘が笑顔でそう言い、横に一歩ずれる。彼の背後にいた人物――『人』ではないので人型の物体、というべきだろうが――を見た瞬間、意外さから思わず奏は小さく声を漏らしてしまった。

「……え……?」

「はじめまして。レイチェル018と申します」

最初に目に飛び込んできたのは輝くばかりの金色の髪と海の青さを思わせる美しい碧眼《へきがん》だ

った。圧倒的な美貌、という陳腐な表現が頭に浮かぶも、それ以前の問題として、と奏は橘にパンフレットを思わず示していた。

「だ、男性？」

「男性型、女性型、両方あるんです。家のことをするのに人気なのは女性型ですが、性能には差がないそうです」

女性型は人気ゆえ、数ヶ月待ちになる。男性型も人気がないわけではなく、ちょうど一体、キャンセルが出たところをすかさず申し込んだのだと、橘は説明してくれた。

「018というのは製造番号です。パンフレットの最後のページにアンドロイドの一覧があったかと」

言われてページを送ると、確かに最後のページには女性タイプのアンドロイドが三種類と、男性タイプが二種類、写真が掲載されていた。

他に『オプション』という表記があるが写真がなかったので、橘に聞いてみる。

「このオプションというのは？」

「ああ、それはセックス用ですね」

「セックス⁉」

予想外の単語にまたも驚きの声を上げた奏は、橘の説明に唖然とすることになった。

「ええ、この会社、家政婦用だけでなく、セクサロイドも製作しているんですよ。家事以外にベッドでの行為も希望する場合は、オプションのキットが必要になります。それで女性型が人気というのもあるそうなんですが」

橘はそこまで説明すると、冗談のつもりだったのだろう、横で大人しく立っているアンドロイドを目で示しながらこんな言葉を口にした。

「このレイチェル０１８にはキットは搭載していませんけど、希望なら取り寄せますよ」

「下ネタは嫌いなんだ」

だが奏がそう返すと、しまった、という顔になり頭をかく。

「そうでした。すみません。とにかく、試しに使ってみてください。先生の好物や苦手なものは僕のほうでインプットしておきました。執筆中は部屋に入らないといったＮＧ行為についても一応。さっきも言ったかと思いますが、ＡＩ機能は相当優秀で学習の結果クライアントの満足度は非常に高いという評判です。一度指示をすればその後は先生の望むとおりの生活環境が構築されること、間違いないでしょう」

立て板に水のごとく続けられた橘の説明に、奏が口を挟む余地はなかった。

「きっとご満足いただけるとは思うんですが、何か問題があるようなら勿論、即刻回収しますので。まずは試しにお使いになってみてください。お願いします」

橘が頭を下げると、横でアンドロイドもまた頭を下げる。人間のような反応だなと奏は改めて美貌のアンドロイドをまじまじと見やった。アンドロイドがにっこりと微笑《ほほえ》み、会釈をして寄越《よこ》すのに、やはり人間のようだ、と感心する。

絶世の美貌を誇るアンドロイド。容貌にも音声にも機械といった感じはまるでしない。本当は人間だったりして、と、考えたのがわかったのか、橘が説明を始める。

「動力は体内に搭載されている燃料電池で、充電は自動で行われます。ステーションといわれる五十センチ四方の板の上にほんの十数分、立つことで充電できるそうです。起動もシャットダウンも、自動でも手動でも行えます。試しにシャットダウンしてみましょうか」

「シャットダウンはなんのために行うんだ？」

電源が入りっぱなしだと、耐久年数が短くなるとか？　疑問を覚えて問い掛けた奏は、橘の答えを聞き、新たな衝撃を受けることとなった。

「自分が寝ている間は、アンドロイドも休ませてあげたいと思うようですよ。やはり外見が人間そのものだからじゃないかと」

「ちょっと待ってくれ。ということは同居になるのか？」

よく考えれば、アンドロイドが『通い』というほうが違和感があるかと、改めて奏は気づき愕然《がくぜん》としていた。この美貌のアンドロイドと一緒に暮らすことになるのかと視線を送り、困ったように微笑まれてまた愕然となる。

「先生が落ち着かないというのなら、ウチか出版社から通わせるという手もありますよ。車の運転もできますし、公共の乗り物に乗ることも可能ですので」

「でも目立つだろう？」

こんな美貌の青年――にしか見えないアンドロイドが電車に乗っているところを想像し、興味を抱《いだ》いた女性があとをつけるのではと案じてしまう。ストーカーめいた家政婦に立て続けに遭遇したことで、奏の女性に対する危機感は自らも意識しているものの、相当過敏となっていた。と、橘が何かを言おうとするより前に、アンドロイドが口を開く。

「気になるようでしたら姿が見えないよう、クロゼットにしまっておいてはいかがでしょう。ステーションもそこに置いていていただけたら」

「ああ、そうですよ。このマンション、ウォークインクロゼットがあるじゃないですか。あの中、ガラガラですからそこにステーションを設置されたらいいんじゃないですか？」

橘がアンドロイドの言葉に同意する。

「……そうだな……」

外見にこだわらない奏は、服もさほど持っていなかった。ウォークインクロゼット内はほぼ空っぽといっていい。とはいえ、そこに人間にしか見えないこのアンドロイドを仕舞うというのも、なんともシュールだ、と奏は改めてアンドロイドを見やり、またも微笑まれてなんともいえない気持ちになる。それを察したのか、橘が説明を始めた。

「無表情に設定もできるのですが、人間に近い表情を浮かべるのがデフォルトとなっています。とはいえ、アンドロイドですから主体的な感情を抱くことはありません。怒りや悲しみは勿論《もちろん》、嬉しい、楽しいという感情も持ち得ません」

「微笑んでいるのは？」

感情がないのならなぜ、と奏が不思議に思い問いかけると橘は、

「クライアントが好印象を持つようにです」

と即答した。

「彼ら——というと人のようですね。他に言いようがないので使いますが、彼らが浮かべる表情は、クライアントの声や表情から、どのようなものが望まれているかを察知……というか計算、ですかね、ともかく、アンドロイド本体の感情ではもちろんなく、クライアントが望むものを表現するようにプログラムされているんです。ＡＩ機能で共に過ごす時間が長くなるにつれ、ますますクライアント好みの設定となっていきます。実はそこに落とし穴があるんですが……」

「落とし穴？」

どんな、と問うた奏を前に、橘が肩を竦《すく》める。

「アンドロイドはご覧のとおり絶世の美男美女です。それが自分好みのリアクションを常にとる上に、先程説明したセクサロイドとしても使えることも相俟《あいま》って、過剰に思い入れを持ってしまうというケースがままあったそうです。それこそ、結婚したいと望むとか」

「結婚!?　さすがにそれは……」

いくら人間そっくりの見た目とはいえ、相手は機械だというのに、と呆《あき》れていた奏に、

「実話だそうですよ」

と橘が苦笑しつつ話を続ける。

「家族からのクレームもあって、対策が取られたとのことですから」

「対策ってどんな？」

問うた奏に橘が答える。

「『愛してる』と言うと、すべての設定がリセットされるんです」

「冗談だよな？」

そうとしか思えず、笑った奏に橘が「とんでもない」と目を見開く。

「パンフレットにも書いてありますよ」

貸してください、とタブレットを奏から受け取ると、橘がそこに写るパンフレットのページを探し出し、「ほら」と示してみせる。

「本当だ……」

確かにその記載はあった。『愛している』という言葉をクライアントが告げたり、アンドロイドに言わせようとすると、設定がすべてリセットされ『はじめまして』の状態となる。リセットされる前には、『リセットされますがいいですね？』と確認が取られるし、たとえば本の朗読の際に文中に出てくる『愛してる』には反応しないといった高度なプログラムが

組まれていると説明がなされている文章を、奏は興味深く読んだ。

「それだけ自分の好みというか、思いどおりの反応が得られるということでしょう。ああ、それから、サーバーにログが残るという記載がありますが、スマホと一緒で、個人情報には紐づかないようにはなってます。それでも抵抗がある場合は、リセットすればサーバー内のログもすべて削除されるそうです。あと、本体の故障や万一破損した場合には、サーバーに通知がいき、管理会社から連絡が入りますが、その連絡は僕のところに来るので先生を煩《わずら》わせることはないかと。あ、もし故障かなと思ったら僕に連絡をいただければ。滅多なことでは故障はしないということでしたが」

「なんというか……」

機械なんだな、と奏は目の前のアンドロイドを見やった。こんなに人間に近い外見をしているのに、感情を宿していないという。故障や破損といった表現とは無縁に見えるのに、と見つめていると、またも困ったように微笑まれ、首を傾げた。

「どうしました？」

「俺が望んでいるってことだよな？　この表情は」

橘に問うと彼もまたアンドロイドを見やり首を傾げた。

「『微笑』はデフォルトだと思いますよ」

「困ったように笑ってないか？」

「そうですかね？」

ただ微笑んでいるように見えると言われ、奏は再びアンドロイドを見やった。

「先生の見たいように見てくださるのでいいと思いますよ。ともかく、家事能力は抜群のはずです。まずは部屋を片づけてもらってはどうでしょう。あとは食事ですね。買い物にも行ってくれるので、鍵を預けても大丈夫です。支払いは現金を渡すのでも勿論いいですが、アンドロイドが持っているクレジットカードで決済すると、月々の支払いに加算されます。不要なものを購入した場合は、その分の金額は戻ってくることになってます」

「何から何まで便利だな」

感心してしまっていた奏に、橘が安堵《あんど》したように微笑み頷《うなず》いてみせる。

「そうなんです。便利なんですよ。アンドロイドなら間違ってもストーカーにはなりませんし、盗撮や盗難もありませんから。それじゃ、ステーションをクロゼット内に設置してから僕は帰りますね。確かコンセント、中にありましたもんね」

そう言うと橘は「失礼します」と頭を下げリビングを出ていった。彼が自分にだけ挨拶をしたことになんとなく違和感を覚え、アンドロイドへと視線を向ける。

「よろしくお願いします」

視線が合うとアンドロイドはにっこりと微笑み、会釈をして寄越した。やはり先程の笑みとは違うような、と首を傾げた奏に、アンドロイドが問い掛けてくる。

「それで、なんとお呼びすればよろしいでしょうか」

「俺のことを？」

問い返した奏にアンドロイドが頷き口を開く。

「『ご主人様』『蓮見様』『奏様』『蓮見奏様』他には『旦那様』などもあります。橘様がお呼びになっていた『先生』はいかがでしょう。また、呼ばないという選択肢もあります。その場合は『すみません』『失礼します』などとお声をかけてからご用件を伺うことになります」

すらすらと話されるその音声は滑らかで、やはり機械という感じはしない。表情も豊かに見えるが、これは自分が望んでいるもので、アンドロイド自体の感情ではないという。

やはり慣れないなと思いつつ、なんと呼ばれたいかと奏は考えた。

『先生』は慣れているが、自分で呼んでほしいというのは気恥ずかしい。やはり名字だろうか。一人で住んでいるので混乱することはない。

「それでは『蓮見』で。そして『様』はいらない。『蓮見さん』ではどうだろう」

提案するとアンドロイドはまたにっこりと微笑んだ。

「かしこまりました。『蓮見さん』と呼ばせていただきますね。私のことはお好きにお呼びください。『アンドロイド』でも型式名の『レイチェル』でも、勿論『おい』と呼びかけるだけでもかまいません。お好きな名前を新たにつけてくださるのでも」

「それなら『レイチェル』と呼ぶよ」

実際、呼びかけることがあるかはわからない。今迄《いままで》の家政婦にも名を呼びかけたことはなかった。頼みたいことがあれば『すみません』と声をかければすむし、執筆に集中できる環境作りのために家政婦を雇っていたので、奏のほうから家政婦に声をかけることも、家政婦が奏に声をかけることもほぼ、なかったのだった。

今回もそれは同じだ。説明しておいたほうがいいだろうと、奏はアンドロイドを見つめつつ口を開いた。

「家事全般、やりかたは任せるよ。食事は自分のタイミングで食べたいので、作り終えたらそのまま帰ってくれれば……ああ、そうか」

通いの家政婦ではないので、帰らないのだ。それを思い出し、言葉を途切れさせた奏に向かい、アンドロイドが——レイチェルがにっこりと微笑み、頷いてみせる。

「執筆には集中力がいる、決して執筆の妨げになるようなことはしないようにとインプットされていますので、ご安心ください」

「橘君が？」

インプットしたのは、と問い掛けた奏にレイチェルが「はい」と頷く。そういえばそんなことを言っていたなと思い出していた奏に対するレイチェルの言葉は続いた。

「同時に健康面についても配慮するようにともインプットされております。水分補給、栄養補給に関しては仕事より生命を優先させるようにとの指示が出ていますので、その際には仕

事部屋に入らせていただきます」

「それも橘君が？」

「はい」

「至れり尽くせりだな」

まさに橘に世話を焼いてもらっているときそのものだ、と、奏は感心してしまっていた。彼が担当になってから、執筆意欲がそれまで以上に湧いたのだったと、当時のことを懐かしく思い出す。失って初めてわかるありがたみ。その『失った』部分すら、橘はアンドロイドで補おうとしてくれている。

果たしてそこまで甘えていいものだろうかと思わなくはない。当然答えは『よくない』だが、反省より今必要なのは、三ヶ月も遅れている原稿を仕上げることだ、と、気持ちを切り換えることにした。

そのためにも、と、奏はレイチェルに対し、頭を下げた。

「よろしく頼む。レイチェル君」

「お任せください。蓮見さん。快適な執筆環境をお約束いたします」

レイチェルがにっこり微笑み、奏にとって今何より必要としている状況を約束してくれる。この発言もまた橘のインプットによるものなのだろうかと思いながらも奏は、果たして本当に快適な状況となるのかという心配を捨てることができずにいた。

2

　その日から奏とアンドロイドの家政婦・レイチェルとの同居が始まった。どうなることかと案じていた奏だったが、初日の、しかもたった数時間で奏はレイチェルの優秀さを思い知ることとなった。

　部屋はあっという間に片づき、溜め込んでいた洗濯物はすべて綺麗《きれい》に洗われクロゼットの中にしまわれた。飲みたいと思ったときにコーヒーがサーブされ、食事もまた奏の食べたいものが言うより前に食卓に並んでいる。しかもその完璧な家事をレイチェルは音を立てずにこなす。今迄の家政婦たちも問題はあったものの、家事をこなす能力はさすがプロという優れたものだったのだが、気配はやはり感じ、それで集中力が削《そ》がれることがままあった。そのストレスが皆無となったことに、奏は感動すら覚えていた。

　原稿の進みはよく、このところずっと沈みがちだった奏の気持ちも上向いてきた。久々に『筆が乗る』——といっても実際はキーボードを叩《たた》いているのだが——状態になれていると自覚した奏は、その状態に己を導いてくれたレイチェルに対し、遅まきながら興味を覚え始めていた。

どうして自分がコーヒーを飲みたいとわかるのだろう。飲みたいものはコーヒー以外に、ガス入りミネラルウォーターのときもあったが、それも正確に把握し、まさに今、というタイミングでサーブしてくれる。食事に関してもなぜ、その日食べたいものがわかるのかと、早速それを聞いてみることにした。

きりのいいところまで書き上げたので仕事机を離れ、リビングダイニングへと向かう。

「あれ」

室内を見渡したが、レイチェルの姿はなかった。洗面所と浴室も覗《のぞ》き、そこにもいないので寝室だろうかと扉を開くも彼の端整な姿はない。買い物にでも行ったのだろうか。音がしないのでまったく気づかなかったと寝室を出ようとしたとき、ウォークインクロゼットの扉が開いたものだから、ぎょっとしたあまり奏は「うわっ」と声を上げていた。

「失礼しました。充電をしておりました」

クロゼットの中から出てきたレイチェルが驚いた奏を見て申し訳なさそうな顔になる。

「今？」

「はい。ちょうど充電が切れるときでしたのと、この時間、蓮見さんは執筆に集中していらっしゃると思っていましたので」

見誤りましたね、と反省した顔になるレイチェルの表情は、今まで奏の見たことのないものだった。

違う。ほとんど顔を見ていなかったのだと、今更のことに奏は気づき愕然とした。物音を立てずに家の中を快適に保ってくれているレイチェルと顔を合わせる機会は今までほとんどなかった。コーヒー等を運んできてくれるときも、パソコンの画面を見つめていて生返事をしていたことを思い出す。しかし日中のこんな時間に充電をしていたとは、とそのことに違和感を覚えたので、まずはそれを尋ねることにした。

「夜、寝ている間に充電しているものとばかり……あ、そうか」

途中で、充電用のステーションがウォークインクロゼットの中にあるからかと気づく。橘のインプットしたプログラムなのか、机に突っ伏して寝ていると、レイチェルは必ず起こしに来て、寝室で寝るよう促す。デスクでもソファでもなく寝室のベッドで眠ることが身体《からだ》の回復には必要なのだというのは橘の持論で、口を酸っぱくして言われていたがあまり実現できていなかった。確かに毎日ベッドで寝るようになってから、体調もいい気がすると感じていたのだが、もしやレイチェルは自分の睡眠を妨げないようにという配慮——だかプログラムだかで、その間には寝室に入ることをせず、よって充電もできないと、そういうことだったのではないか。思いついた答えを確かめようと、奏はレイチェルに問い掛けた。

「俺が寝ている間に、部屋に入っては悪いと思って、それで今、充電しているのかな？」

「どう答えましょうかね」

レイチェルが少し迷った表情となる。どういう意味なのかと首を傾げた奏はすぐ、どんな答えを自分が求めているのかを考えているということかと気づいた。

アンドロイドには主体的な感情がないと聞いてはいたが、自分が期待する言葉が返ってくるのを待つというのはなんとも変な感じがする。

「答えなくていいよ。それより、コーヒーを淹《い》れてもらえるかな。そして少し話をしよう」

あまりコーヒーを飲みたい気分ではなかった。要は話すきっかけがほしかったのだが、奏の言葉を聞き、レイチェルは少し驚いた表情を浮かべた。

「話す……私とですか?」

「ああ。今まで会話らしい会話をしたことがなかったと気づいたから」

「気分転換をなさりたいのでしたら、散歩にでも行きませんか?」

「気分転換? うーん、そういうわけでもないんだが……」

『話したい』という自分の発言を、気分転換がしたいととったようだ。実際のところはどうなのだろう。確かに気分転換がしたい気持ちになってくるのが不思議だ、と奏は少し笑ってしまった。

「すみません、違いましたか」

レイチェルがまた、申し訳なさそうな顔になる。この表情も自分が望んでいるものだという説明を橘からは受けたが、別に謝罪も求めていなければ、申し訳なさそうにしてほしいという希望もない。単に『見たいように見た』結果、申し訳なさそうに見えるのだろうかと、気づけば奏はまじまじとレイチェルの顔を見つめてしまっていた。レイチェルもまた、奏を真っ直《ます》ぐに見返してくる。

青い瞳は美しく、魅入られてしまいそうになる。機械にはとても見えない。肌の質感も人間そのものだ。体温はあるのだろうかと手が伸びそうになり、我に返る。

「ああ、悪い。散歩か……いいかもしれない。一緒に行こう」

「え？　あ、はい。かしこまりました」

レイチェルは一瞬、意外そうな顔になった。が、すぐに笑顔で頷くと、

「仕度をされますか？」

と奏に問い掛けてきた。

「このままでいいよ。君は仕度をするかい？」

レイチェルの服装は常に黒いシャツに黒いスラックスと決まっていた。家事をするときはエプロンをつけるがそれも黒で、レンタル会社から支給されているという。

「外の気温は長袖では少々暑いと思われます。半袖のシャツをご用意しましょうか」

レイチェルは奏の問いには答えずに、逆にそう問い返してきた。それで『着替えるか』と聞いたのかと察するも、会話が成立していないのはちょっと気持ちが悪いと、奏は重ねて聞いてみることにした。

「わかった。着替えるよ。君も半袖に着替えるかい？」

「少々お待ちください。今お持ちします。私は……そうですね」

少し考える素振りとなったレイチェルに、理由を問う。

「半袖の衣装がないのかな？」

「いえ。ただ私は暑さを感じませんし、気候的にも長袖でも半袖でも違和感はないかと思われますので、着替える必要はあるのかなと」

レイチェルの淀《よど》みない答えに奏はなるほどと感心すると同時に、自分は何も彼――敢えて『これ』ではなく『彼』としようと、このとき奏は決めた――に関することを知らないのだなと改めて自覚した。

レイチェルは言葉どおりすぐに奏のために半袖のシャツを出してきてくれた。綺麗にアイロンがかかっている白シャツに着替えたあと、そうだ、と思いつき提案をする。

「橘君がウチにキープしているシャツなら、君とサイズもあうんじゃないかと思う。それを着てみないか？」

「え？　橘様のシャツを私が？」

レイチェルが驚いたように目を見開く。そういえば彼は橘のことを『橘様』と言うが、もしや橘本人が『様』付けを選んだのかと思うと面白い、と、奏はつい笑ってしまった。

「ああ。たまには白もいいだろう」

橘のシャツは確か白だった。会社からここにきてまた出社するということがよくあったので、比較的かっちりした形をしている。

「私が借りてよろしいでしょうか」

相変わらず奏の目にはレイチェルが困っているように見える。

「大丈夫だよ。さあ、着替えたら行こうじゃないか」

しかし奏が誘うとレイチェルは「わかりました」と微笑み、橘が仕舞っていた場所からシャツを取り出し、その場で着替え始めた。

「………」

脱ぎっぷりのよさに戸惑ったが、もしや『着替えたら』を命令と取ったのかと解釈する。顔だけでなく、身体もまた人間そのものだとつい、凝視しそうになったが、均整の取れた美しい身体だと認識したと同時にいたたまれなくなり目を伏せた。

「着替えました。それでは行きましょう」

自分の脱いだ服を手早く畳み手に持つと、レイチェルが奏に微笑みかけてくる。

「あ、ああ」

喉にものがひっかかったような声になってしまい、慌てて咳払《せきばら》いをすると奏は「行こう」と頷き、先に立って歩き始めた。

レイチェルに家の鍵は預けてあるので、施錠は彼がした。奏は手ぶらで出てきたが、レイチェルはスラックスのポケットに財布とスマートフォンを持っているという。

「蓮見さんは、散歩はよくされますか？」

「いや、殆《ほとん》どしない。するとしても夜中にコンビニやファミレスに行くくらいだ。それは散歩とは言わないか」

「身体のためには日中外に出て少し運動するのがいいんですけどね」

高層マンションが立ち並ぶ近くに公園があり、レイチェルはその公園まで行ってみようと誘ってくれた。

「もしかしてそれも橘君が？」

「そうですね。橘様より、散歩に適した場所としてインプットしていただいています」

レイチェルの答えは相変わらず流暢《りゅうちょう》だった。少しも詰まることがない。さきほど、半袖に着替えたらどうだと問うたときには一瞬躊躇《ちゅうちょ》していたが、それは答えが用意されていない問いだったからだろう。そういう意味ではやはり『機械』ということなのかもしれないと思いながらも、こうして二人で肩を並べて歩いていると、見た目や声音からどうしても『人』寄りにとらえてしまう。

動作にも不自然なところがまるでない。科学の進歩というのは素晴らしいなと感心していた奏は、改めてアンドロイドという存在に興味を持ち、色々と聞いてみることにした。

「家事以外にも、散歩に付き合ってくれたりするんだね。他にはどんなことができるの？」

「スポーツは一通りできます。テニスやゴルフもご一緒できます。屋外ですと、犬の散歩もできますよ」

「屋内だと？　囲碁や将棋も？」

「はい。チェスやトランプも。ビリヤードやダーツもお付き合いできます」

「万能だな」

　さすが、と感嘆の息を吐《つ》いた奏を見て、レイチェルがまた困ったように笑う。その表情はやはり気になると、奏は確認を取ってみた。

「今、困ってる？」

「え？」

「俺には困って笑っているように見えるんだ」

「そうですか」

　レイチェルがまた黙り込む。もしや今の質問は『どんな気持ちでいるのか？』と問うたものなのかと、奏はそう気づいた。

　アンドロイドには感情がないので答えようがないのかもしれない。しかしそれなら『困ってはいない』と返してきそうなものだが、と、レイチェルを見やると、ちょうど彼が口を開こうとしていたところだった。

「そんな風に見えると言われるのは新鮮です。よく見てくださってるんですね」

「いや……そういうわけでも……」

ここで奏が口ごもってしまったのは、今、彼の目にはレイチェルが嬉しそうに微笑んでいるかのように見えていたからだった。

笑顔が眩《まぶ》しい。相手はアンドロイドだ。こちらが望む表情を浮かべているだけだと、橘も言っていたじゃないかと我に返るも、胸の高鳴りを押さえ込むことができずに顔を伏せる。

「困っている……というのとは少し違うような気がします。我々はアンドロイドですから、なんでもできるのが当たり前なのです。それを蓮見さんはご存じの上で、私を人間のように見てくれている。それが……そうですね、嬉しかった。はい、私は嬉しかったのです」

隣を歩くレイチェルの言葉が、ますます奏の頬に血を上らせる。落ち着け。これも自分が望んでいるからこその言葉なのだ。アンドロイドというのはそこまで優秀なんだと、己にいくら言い聞かせても、頬の赤みは引いていかなかった。

「喋《しゃべ》りすぎましたか？　不快になられていませんか？」

赤い顔をして黙り込んでいたからだろう。レイチェルが足を止め、心配そうに奏の顔を覗き込んでくる。

「大丈夫。ちょっと疲れたのかも」

本当に綺麗な顔だと見惚《みと》れそうになり、慌てて目を逸《そ》らす。咄嗟《とっさ》に言い訳をしてしまったが、相手はアンドロイドなのだ。言い訳などする必要はないというのに、と、奏は自分のあわてぶりに呆れていた。

「それなら少し休みましょう。少し歩くとカフェがあります。そこで冷たい物でも飲みましょう」

「カフェって、もしかして君は飲食もできるのかい？」

二人でカフェに入れば、何か注文することになるだろう。それとも自分はアンドロイドなので注文はしないと言うのだろうか。問い掛けた奏にレイチェルがまたもすらすらと答えを返す。

「はい、できます。クライアントの希望があれば、共に食事をとることも、お酒を飲むこともできますよ」

「消化するのか？」

「さすがにそれは」

レイチェルが苦笑めいた笑みを浮かべる。

「体内のタンクに入るだけです。ですが味はわかるんですよ。蓮見さんに作っている料理に関してもちゃんと味見していますから」

「そうなんだ！」

作ってもらったものはどれも好みの味だった。味見をしてくれていたと聞き、彼が作ってくれたのだと改めて実感する。作っているところを見てみたいなという願望が不意に奏の胸に湧き起こり、そんな自分の感情に戸惑いを覚える。

「そういうわけなので、カフェに一緒に行きましょう」

「ああ。行こう」

頷き、レイチェルを見ると、またも彼は嬉しそうに微笑んだように見え、奏はなんともいえない気持ちに陥った。しかしそれを追究すると面倒なことになるという自制心が働いたので、感情に蓋をし、二人してカフェを目指す。

歩いている間も、擦れ違う人々の視線を感じてはいたが、女性客の多いカフェではレイチェルに皆の視線が一気に集まり、一種異様な雰囲気にまでなったことに奏は驚いていた。

外を歩くのが深夜になるのは、世間に顔が売れている自覚があるため、人目を避けたいという願いからだった。が、今や誰も自分に注目していない。新鮮だなと思うと同時に、快適さも感じていたにもかかわらず、レイチェルが振り返ったかと思うと予想外のことを言い出し、奏を戸惑わせた。

「申し訳ありません、出ましょう」

「え？　どうして……」

注目の的となりたくないということか。アンドロイドにもそうした感情があるのだろうかと不思議に思っていた奏の耳に、興奮した様子の女性の声が聞こえてきた。

「ちょ……っ！　あのイケメンと一緒にいるの、作家の蓮見奏じゃない？」

「本当だ！　この辺に住んでるのかな？」

最初に視線はレイチェルに集まるが、すぐに連れにも注意は向いてしまったということか。確かに騒がれるのは避けたいと、奏は「わかった」と頷き、レイチェルと共に店の外に出た。

「すみません、配慮が足りませんでした」

「いや、俺もうっかりしていた」

このところ外に出ていなかったものだから、と答えた奏は、レイチェルが申し訳なさそうな顔をしているのに気づき、首を傾げた。

「別に俺は、謝ってほしいと思っていないんだがな」

「はい？」

レイチェルが不思議そうに問い返してくる。

「いや、なんでもない」

アンドロイドの浮かべる表情は、自分が望んだものだという説明を、奏は思い出したのだった。『望む』という言葉のとらえかたが違うのだろうか。一般的に、ここは申し訳なく感じているという認識、といった意味なのか。あとで橘に聞いてみようと思いつく。

飲食はできるのかという質問と同じく、本人に聞けばいいのに、とそのあとすぐ思いついたのだが、不思議と躊躇《ためら》いを覚えた。『感情はないのか』も『ものを食べることはできるのか』も、相手を人間扱いしていない質問であるのは変わりない。本当に『感情』というものがないのなら、聞かれたとしても、アンドロイド側は特に気にすることもないのだろう。人間に問うのとは違うが、外見がどこまでも人間にしか見えないので躊躇ってしまう。

「少し急ぎましょう。今のところあとをつけられてはいないようですので」

周囲に目を配りながら、レイチェルはそう言うと、奏の腰に腕を回してきた。

「っ」

エスコートか、と、戸惑うと同時に、またも頭にカッと血が上る。見た目よりも逞《たくま》しい腕の感触を受けたことで、目の前で着替えていたレイチェルの上半身裸の姿が浮かんだためだった。

咄嗟に腕を避《よ》けかけたが、不自然に意識していると思われるのを避《さ》け、そのまま足を速める。よく考えればそんな配慮をする必要がどこにあるのかという話だ。自嘲することで気持ちを落ち着かせようとしていた奏の耳に、心配そうなレイチェルの声が響く。

「大丈夫ですか？　顔色が悪いようです」

「大丈夫。運動不足だからだろう」

実際、息が切れているのは、滅多に外に出ないためだった。原稿が進まないことが気になり、ジムにもまったく行けていない。情けない、と落ち込みつつ、足を進めていた奏は、レイチェルが歩調を緩めたことに気づき彼を見やった。

「もう大丈夫そうですから」

「いや、わからない。早く帰ろう」

気遣いだとわかるだけに、いたたまれない思いがする。自分でも無理をしている自覚を持ちつつ、それまでと同じ歩調で足を進めながら奏は、本当に自分は何をどうしたいんだと、ままならない己の感情に戸惑いを覚えていた。

家に戻ると奏は疲れたこともあって、リビングのソファに座り込んでしまっていた。

「冷たいものをご用意しますね。何がいいですか?」

一方レイチェルはきびきびとした動作でキッチンへと向かっていく。

「自分でやるよ」

そのくらいのことは、とソファから立ち上がったときには、レイチェルが炭酸水を入れたグラスを既に運んできていた。

「どうぞ」

「……ありがとう」

まさに今、飲みたいものはこれだった。どうしてわかるのかと感心しながら受け取り、グラスに口をつける。

「AIによる統計なんです。九割がた、正解を導けるのですが、あとの一割は外す可能性があります」

『どうしてわかるのか』という疑問も正確に読んだらしいレイチェルがそう言い、奏に手を差し伸べてくる。

「もう一杯、飲まれますか?」

「え? ああ。お願いするよ」

AIか。科学の進歩はやはり凄《すご》いなと、ほとほと奏は感心していた。レイチェルと会話らしい会話を交わしたのは、今日初めてと言っていい。なのに彼は自分の好みやら考えていることやらを正確に読み取り、望みどおりの行動を取る。今迄の家政婦は、まずコミュニケーションをとっていなかったので、食事にしろなんにしろ、不満を感じる部分がままあった。最大の不満は犯罪めいた行為をされたことだが、料理や掃除も、そうじゃない、と思う部分が多かったというのに、アンドロイドの家政婦はコミュニケーションなど取らずとも完璧に物事をこなしてしまう。将来的には家政婦は全員アンドロイドになったりして。いや、家政婦だけじゃないよなと、キッチンに向かうレイチェルを見送りながら奏はつい、溜め息を漏らしていた。

作家という職業も、そのうちAIが席巻し始めるかもしれない。万人に受けるものをAIが導き出し、万人に好まれる文章で物語を紡ぎ出す。ない話ではないと、またも溜め息を漏らした奏の視界にレイチェルの美しい姿が映る。

「何か召し上がりますか？　甘いもの、お好きですよね」

「それも橘から？」

「三年前、女性誌に掲載されたエッセイからです。お母様の作るブラマンジェがお好きだったと書かれてましたので」

「へえ……」

　書いた本人すら忘れていたのに、と奏はまたも感心してしまった。

「今まで蓮見さんが発表されたものはすべて、橘様がインプットしてくださったんですよ」

　謙遜だろうか。すかさずレイチェルがそんなことを言ってくる。

「お召し上がりになるかと思い、プリンを作ってあります。いかがですか？」

「いいね！」

　手作りプリンとは。何年振りに食べるだろう。つい、声が弾んでしまったことに照れくささを覚えていた奏を見て、レイチェルもまた嬉しげに微笑む。やはり感情があるように見えるのだが、と首を傾げたものの、そう『見える』ようにプログラミングされているということなのかもしれないなと考え直した。

　久々に日のあるうちに外を歩いたからか、自覚していた以上に疲れを感じていたらしく、プリンを食べたあと睡魔に襲われた奏は、ソファでうつらうつらしてしまっていたようだ。

「失礼します」

遠くで心地よい声がすると思った次の瞬間、抱き上げられたのを感じ、ぎょっとして目を開いた。

「な……っ……レイチェル⁉︎」

「ベッドまでお連れしようかと思いまして」

レイチェルに横抱きにされていることに驚き、奏は一気に覚醒した。

「いや、大丈夫だ。下ろしてくれるか？」

「わかりました」

レイチェルは返事をし、すぐさま奏をソファに戻してくれた。そのとき頬と頬が触れ合うほどの近さになったことで、奏の鼓動は早鐘のように打ち始める。

「失礼しました。気持ちよさそうに寝ていらしたので」

「いや、大丈夫だ。今度から起こしてもらえるかな。まだ仕事が終わってないので」

自分でも驚くほどに動揺しているのがわかる。落ち着け、と自身に言い聞かせつつ、作った笑顔をレイチェルに向けながら奏は、また相手が人間のような感覚で向き合っていると気づいた。

「かしこまりました。インプットします」

レイチェルが微笑み、頷く。

「……もしかして……」

敢えて『インプット』という単語を出してきたのは、今の自分の心理を読んだのだろうかと、奏は眉を顰《ひそ》め、レイチェルを見た。レイチェルもまた、奏を見下ろす。

「お気になさらず」

やはりレイチェルは自分の考えていることが手に取るようにわかるらしい。それでこうも優しげな言葉をかけ、気にするなというように微笑んで見せるのだと察したときには、奏は思わず彼に言葉をかけていた。

「悪い。まだよくわかっていないんだ。前の家政婦たちとは少々トラブルがあって、君との接触も自覚はしていなかったが、かなり避けていたようだ。なので君のことがまるでわかっていない。仕事ぶりには満足しているが、どういうリアクションをとったらいいのかがちょっとまだ……」

「蓮見さん」

奏の言葉をレイチェルが遮る。

「どんなリアクションでもいいんです。考える必要はないんですよ」

「……え？」

レイチェルはやはり、少し困ったように微笑んでいる。その顔を見たとき、奏は己の胸に込み上げてくるものを感じていた。

「私を気遣ってくださる必要はないんです。私は人間ではありません。アンドロイドです。

多くのクライアントは、対人関係に気を遣わなくて済むという理由で、家政婦にアンドロイドを選んでいます」

「……そうか……」

それこそ『気遣い』からの発言なのだろうと奏はレイチェルを見やった。レイチェルがまた、困ったように微笑んでみせる。

「蓮見さんは優しすぎるんです。私はあなたの生活を快適にするためにここにいます。あなたにストレスを感じさせては本末転倒になりますから」

「わかった。なんだか色々申し訳ない」

謝罪をすればまた、困った顔になるのだろうとわかっていても、奏は頭を下げずにはいられなかった。顔を上げ、レイチェルの表情を確かめる。

「お休みになりますか？　それともお仕事を再開されますか？」

レイチェルは何事もなかったかのように微笑んでいた。彼にとっては本当に『何事もなかった』のか、それともやはり気遣ってくれているのか。本人の言葉を借りれば前者だろう。しかし奏にはそれをそのまま受け入れることができなかった。

「仕事をするよ。コーヒーを淹れてもらえるかな」

「かしこまりました。すぐお持ちしますね」

レイチェルの声に送られ、リビングを出て仕事部屋に向かう。座ってパソコンを立ち上げた奏は、再開した原稿を前に暫《しば》し考え込んでしまっていた。

自分は一体、何を気にしているのだろう。生活は快適になったし、人間関係のわずらわしさからも解放された。レイチェルは自分の好みを熟知しているし、希望どおりの生活空間を与えてくれている。何も考えずにこの日常を享受すればいい。自ら『わずらわしさ』に手を伸ばしてどうする。

愚行だ、と溜め息を漏らした奏の耳にノックの音が響き、直後に静かにドアが開く。

レイチェルがコーヒーを持ってきてくれたのだった。いつものように声をかけることなく、そっとカップを置いて去っていく。執筆に集中しているときも、彼がコーヒーを持ってきてくれることがよくあったが、一度も集中力が途切れることはなく、邪魔に感じることがなかった。だから礼を言ったこともなかったのだ、と、奏はそっと部屋を出ようとするレイチェルの背に声をかける。

「ありがとう」

「どういたしまして」

レイチェルが振り返り、微笑んでそう言うと静かにドアを閉める。テンプレートな対応なのだなと、彼が消えたドアを奏は気づけば随分と長いこと見つめていた。

いけない、と我に返り、パソコンに向かうも今一つやる気が出ず、暫しコーヒーを啜《すす》る。

レイチェルが来てから初めて、執筆に詰まってしまった。胸に宿るもやもやの決着をつけないと、数日足踏み状態になるかもしれない。それを避けるためにも、と、奏はメールを立ち上げ、橘に少し話せないかとメールを打った。と、五分もしないうちに返信が来て、これから行ってもいいですかと聞いてきたので、『待ってる』とメールを返す。

　橘に聞こうとしているのは、アンドロイドの性質についてだった。本当に感情はないのか。『見たいように見える』だけなのかということを、改めて第三者の口から確かめたい。それを聞けば、自分も割り切れるような気がする、と奏は頷くと、原稿を閉じ、インターネットを立ち上げた。

　検索して家政婦のアンドロイドのカタログページを開き読み始める。快適な生活をお約束します、ＡＩの学習能力で、よりお好みにあった状態となりますといった謳《うた》い文句はあるが、『感情がない』とははっきり書いていない。とはいえ、普通に考えたら機械が感情を持つはずがないか、と、ページを閉じようとした奏の頭に、レイチェルの顔が浮かぶ。

　確かにパンフレットに掲載されているのとまるで同じ姿をしてはいる。が、表情は比べものにならないくらい生き生きしているように見える。それもまた錯覚なのだろうか。

　果たして自分はどんな答えを求めているというのだろう。仕事ではなくそんなことで橘を呼びつけてしまったのを申し訳なく思いながらも奏は、橘の言うことであれば納得できるに違いないという希望を胸に、彼の到着を待ったのだった。

3

「何を聞かれるのかと思ったら」

会社からタクシーを飛ばして来たという橘は、奏の質問がレイチェルに関するものだとわかった瞬間、呆れた顔になった。

「アンドロイドに感情はあるかって、ないに決まってるじゃないですか。どれほど精巧に作られていようと機械ですよ。血は通っていませんし、脳はＡＩです。データが導き出した結果で動いているのであって、アンドロイド本体の感情からの行動ではありません。あ、もしかして」

と、ここで橘が思いついた顔になる。

「学習しているはずなのに、自分の希望どおりに動いてくれないんですか？　不満を感じていると、そういうこと？」

「違うよ。その逆だ。すべてが希望どおりで、驚いているんだよ」

「科学の進歩ですよ。ＡＩの学習能力はやはり優れているんですね」

感心してみせた橘だったが、すぐ、

「それじゃ、何が不満なんです？」

と問いかけてくる。

「不満じゃないって言っただろう？」

「じゃあなぜです？　感情があるように見えるんですか？　それが不満じゃないなら……え？　ちょっとわからないんですけど」

橘が本気で戸惑った顔になっている。そりゃ戸惑うかと心の中で呟《つぶや》くと奏は、

「感情がないということに違和感があるんだよ。勿論、いい意味で」

と、なんとか考え出した質問の真意を伝えた。

「感情があるように見えるのは、そういう作りだからだと思いますよ。クライアントが望むような動作をするといいますし」

「気遣いを感じるんだ」

「気遣いは多分、デフォルトでしょう。家政婦の仕事自体、クライアントに対して気を遣うことが求められるものですし」

「……なるほど……」

そういうことか、と納得すると同時に、それだけだろうかという疑問がやはり浮かんでしまう。とはいえその疑問をぶつけたとしても、橘から帰ってくる答えは同じだろうと、奏は質問を打ち切ることにした。それで口を閉ざした彼に対し、橘が笑顔で言葉を続ける。

「実際、アンドロイド家政婦の満足度は高いです。先生にも満足していただけてよかった。部屋も片づいていますし、それに先生の顔色もよくなっているようにお見受けします。原稿の進捗も順調と仰《おっしゃ》ってましたよね」

「ああ。この分だと今月末には待たせていた原稿を渡せると思う」

「ありがとうございます。楽しみにしています」

橘が満面の笑みを浮かべる。今まで迷惑をかけてきたのに、彼は一度も責めるような言葉を口にしなかった。いつまでも待っていますので、と常に微笑んでくれていたのだが、社内でどれほどせっつかれていたことか。それがわかるだけに本当に申し訳ないとは思っていたのだが、いかんせん、メンタルを削られるトラブル続きで、書けない日が続いていた。

レイチェルを寄越してくれたおかげで快適な毎日が手に入り、結果、原稿の進みもよくなった。感謝しかない、と改めて奏は橘に向かい頭を下げた。

「本当に申し訳なかった。そしてありがとう。原稿が進むようになったのも君のおかげだ」

「僕のおかげではないと思いますが、よかったですよ、先生の生活が快適になったことも、健康的になったことも。レイチェル様様ですね」

笑顔でそう告げる橘に対し、本当に『様様』なのだと奏は思わず主張してしまった。

「本当に満足しかない。執筆の邪魔は絶対しないし、痒《かゆ》いところに手が届くというのはまさにこういうことなんだと、何に対しても思う。コーヒーも、ここしかないタイミングで運んできてくれるし。ああ、それに、健康に気をつけたほうがいいからと、散歩に誘ってくれたりもする」

「散歩ですか？　先生が？」

目を見開く橘に奏が頷く。

「ああ。君からのリクエストだと言ってたけど、違ったのかな？」

「健康に配慮してほしい、少し運動ができるといいということはインプットしましたが……なんだ、先生、僕が誘っても絶対散歩に行こうとしなかったじゃないですか。めんどくさいだの、人目が気になるだのと言って。人目は確かに気になるとは思ったので、強く誘いはしませんでしたけど、レイチェルとは行ったというのは、少々複雑な気がします」

橘が珍しくもむっとしている。本気で言っているのだろうかと、不思議に思ったのが顔に出たらしく、奏が確認するより前に橘に笑顔が戻った。

「なんて、冗談ですよ。先生を散歩に連れ出すなんて、アンドロイドは本当に凄いなと思ったんです。次は是非、僕の誘いにも乗ってください」

「勿論乗るよ。でも散歩は深夜にしよう。レイチェルも人々の注目を集めていたし、一緒にいた僕も結局は人目を引いてしまったので」

「絶世の美貌ですもんね。先生もレイチェルも」

何気なく言われたために聞き流しそうになったが、そういう見え透いた世辞はいらない、と橘を睨《にら》む。

「レイチェルはまさに『絶世の美貌』だが、俺は違うだろう？」

「国宝級イケメンだの、抱かれたい男だの、散々言われてきたじゃないですか」

橘が呆れた顔になる。

「『絶世』は言い過ぎだ。ああ、『美貌』も。レイチェルは誰から見ても『絶世の美貌』だが……そういやモデルがいたりするのかな？」

この問いは、奏の頭に今、ふっと浮かんだもので、今までまったく気にしたことはなかった。もしモデルがいたとしたらどうだというのだ。会ってみたい――？　なんのために？

「特定のモデルはいないとパンフに書いてあった気がします。女性が理想とする顔を統計で作成したとか……女性型のほうは、男性女性、両方に好まれる顔になっているそうですよ。なら男性型も男性の好みを配慮してもいいのにと思いますよね」

「どうでもいいかな、それは」

話題があまり好ましくない方向に向かっていくのがわかる。それで奏は話を変えることにした。

「ああ、そうだ。作中に警察が出てくるんだけど、どこか所轄で取材させてもらえないかな」

「わかりました。至急手配します。お宅の近所のほうがいいですか？　それとも今後を考えて出版社の近所にしましょうか」

「そうだな。それでお願いしたい」

「わかりました。取材に同行するのも久し振りですね。楽しみにしています！」

声を弾ませる橘に奏が「こちらこそ」と答えたとき、ノックと共にレイチェルが顔を出し声をかけてくる。

「そろそろ夕食を作ろうかと思うのですが、橘様も食べていかれますか？」

「いや、僕はいいよ。レイチェル、君は本当に優秀だと先生が褒めてたよ」

橘がレイチェルに笑顔を向ける。

「橘様が詳しくインプットしてくださったおかげです」

だがレイチェルがそう謙遜してみせると、驚いたように目を見開いた。

「凄いな。本当に人間のようですね。僕にまでおべんちゃらを使うとは」

「おべんちゃらじゃないだろう。ちょっと悪意があるんじゃないか？」

あまりいい気持ちはしない。つい、橘を睨んでしまうと、またも彼は驚いた顔になった。

「アンドロイドに対して悪意を抱くことはないですよ。感心したんですが、感じ悪かったですか？」

「……いや。なんでもない。なんでそんな嫌みな言い方をするのかと思っただけだ」

「嫌み……」

本人にはそのつもりはなかったようで、納得いかない様子ながらも、敢えて逆らうことも

あるまいとでも思ったらしく、

「すみません」

と謝罪をしてくる。機嫌を損ねまいとしているのは『おべんちゃら』と同じではないかと、それこそ嫌みを言いそうになったが、奏はすんでのところで堪《こら》えた。なぜそうもムキになるのかと、自分でも不思議に感じたからだ。

「それじゃあ、失礼します、先生。取材のアポが取れましたらすぐ、ご連絡しますので」

「ああ。よろしく頼むよ」

玄関まで見送ろうとすると「ここでいいです」と橘は固辞した。

「鍵は持ってますんで」

「私がお見送りしましょう」

と、ここでレイチェルが笑顔で橘に声をかけた。

「新鮮だ。見送ってもらおうかな」

橘が面白がっているのがわかる。新鮮なのは、レイチェルをアンドロイドだと思っているからだろう。人間でもないのに気遣いを見せるとはと、考えているのではないか。先程の『おべんちゃら』発言といい、わざと人間扱いしていないようだと不快に思うと同時に奏は、もしやわざとなのかと気づいた。

自分がレイチェルに感情はあるのかなどと聞いたからだ。それで敢えてこれはアンドロイドだということを強調してみせたのではないか。となるとあの、レイチェルに対する感じの悪い対応は自分のせいということか。

「どうしました？」

橘の見送りから戻ってきたレイチェルが、驚いたように問い掛けてくる。

「……ごめん」

思わず謝罪の言葉が奏の口をついて出た。

「え？」

レイチェルが不可解そうな顔になる。

「嫌な思いをさせてしまった」

「していませんよ？」

ますます戸惑う顔になっているレイチェルに感情がないというのはやはり信じられない。自分の思うような反応をしているだけだというのであれば、無感情になってほしい。そして感情がないということを証明してほしいと願ったあと、もしそうなったとしたら味気ないと残念に思う自分がいる。

やはり——彼の反応は単に、自分が望んでいるリアクションということなのかもしれない。残念な気持ちになりながらも奏は、

「ならいいんだ」

と微笑み、首を横に振った。

「……大丈夫ですか？」

レイチェルが心配そうに問い掛けてくる。彼に心配してもらいたいと思っているのか。いや、そんなはずはない。心配はかけたくないんだ、と奏はレイチェルを見やった。レイチェルもまた奏を見返す。

「大丈夫だ。夕食の用意を頼めるかな」

「かしこまりました。今日はアクアパッツァではいかがでしょう」

「いいね。楽しみだ」

微笑むのは、『大丈夫』であることを証明したいからだった。橘がこの場にいれば、何をしているんだと呆れたことだろう。配慮などいらない、相手はアンドロイドなのだ。感情がないと、何度言ったらわかるのか。

自分でも馬鹿らしいとは思っている。だが、レイチェルを前にするとやはり、人間のように接さずにはいられない。それはそれでいいじゃないか。誰に迷惑をかけるものでもないのだし。

自分の中で納得ができていればいいのだ。それなら、と、奏はもう開き直ることにした。

「レイチェル君、夕食を一緒にとらないか？」

キッチンに向かい、調理を始めたレイチェルの背に声をかける。

『一緒にですか？』

意外そうな顔で問い返してくるのではと予想していたが、レイチェルのリアクションは思ったものとは違った。

「ありがとうございます。喜んで」

「うん」

レイチェルの微笑みは本当に喜んでいるように見える。これが自分の願望であるといわれたら否定できないなと、奏は密かに自嘲した。

夕食の時間までは執筆に戻ろうと、書斎に向かう。パソコンの前に座り、ファイルを呼び出そうとするも、なんだか気が乗らないなと、インターネットを眺めてしまう。何度も検索をしていた『アンドロイド』『レイチェル』という単語を今回もまた検索欄に打ち込んだあと、やめよう、とブラウザを閉じた奏の口からは堪えきれない溜め息が漏れていた。

やはりどうにもすっきりしない。さきほど自分を納得させたのだから、もういいじゃないかと思うのに、どうにもレイチェルのことが気になってしまう。

彼の仕事は完璧で、生活は快適になった。これ以上自分は何を望んでいるのだろう。

「……仕事するか」

これ以上考えると、開けてはいけない扉を開いてしまうことになりかねない。本能的にそう察し、奏は敢えて思考を打ち切ると、原稿のファイルを開き執筆にかかった。ありがたいことに集中力は持続し、レイチェルが食事ができたとドアをノックするまでの間に、かなり先に進めることができた。

「きりのいいところで食事にしましょう」

「今、ちょうど一段落ついたところだ」

「それでは食べましょうか」

既に料理はテーブルに二人分、並んでいた。いつも一人で食べていたので新鮮だ、と自然と微笑んでしまっていた奏にレイチェルが問いかけてくる。

「白ワインでもいかがです？」

「いいね。君も飲むだろう？」

確か飲食はできると言っていた。アルコールもいけるだろう。一人で飲むよりはと誘うと、レイチェルは「ありがとうございます」と笑顔で礼を言った。

テーブルにつき、二人でグラスを傾けながら食事を始める。

「美味《おい》しいよ」

「気に入っていただけてよかったです」

会話は、レイチェル側は自然だが、奏のほうはどうしてもぎこちなくなってしまった。

相手がレイチェルだからというよりは、人と食事をすることが滅多にないためで、沈黙が続くと落ち着かなくなるのである。しかし話すネタはない。それでつい、グラスを口に運ぶ頻度が増え、食べ終わる頃にはかなり酔ってしまっていた。

酒の力を借りたおかげで、会話のほうは随分と気易《きやす》くできるようになった。『会話』というよりは、奏が一方的に今書いている小説について、今後の展開はこうなるとか、主人公は実はこういう性格なのだとか、そうしたことを話すのをレイチェルが時折相槌《あいづち》を挟みながら聞くという感じで、時は流れていった。

ダイニングからリビングに移動し、二人してグラスを傾けながら、話を続ける。

「自分が恋をしていることに気づかないというのは、どうなんだろう。現実味はあるかな?」

レイチェルの相槌があまりに心地よいからだろう。話題は奏が書いている小説の根底部分といっていいものとなっていた。

「気づかないのは気づくのが怖いからなんだ」

恋している自分を認めたくない。認めてしまったら相手がその恋心に対し、どういう感情を抱くのかが問題となってくる。

相思相愛になればいい。だが迷惑に感じる相手もいるだろう。自分が恋を自覚していなかったら、たとえ相手がそれを見越して迷惑と感じていたとしても『そのつもりはなかった』という言い訳が立つ。何より、相手に拒絶されるか否かを案じる必要がないのだ。

だからこそ、気づきたくないと思う。臆病なのだ、と語るうちに、そんな感情を抱いているのがいつの間にか小説の主人公から作者の自分へと移っていっていることに、酔いから奏は気づけずにいた。

「そう。怖いんだ。拒絶が。だからこそ、気づくまいと身構える。そのために見逃してきた恋もあったかもしれない。手を伸ばせば摑《つか》めた相手もいたかもしれない。でもその勇気はない。だから恋に気づかないふりをするというのは……どうなんだろう。受け入れてもらえるものかな」

いつしか伏せていた顔を上げ、レイチェルを見やる。完璧すぎる美貌を改めて前にした奏の耳に橘の説明が蘇《よみがえ》った。

『アンドロイドに感情はありませんよ。こちらが予測したとおり、望んだとおりの答えを返してくれるだけです』

となるとこの返しは——予測できる答えがすぐさま奏の頭の中で組み立てられていく。

『受け入れてもらえますよ、きっと』

もしくは、

『答えが用意されていません』

どちらだろう。『受け入れてもらえる』は奏が自分で望んでいる答えだ。だが以前、答えようがない質問をしたとき、レイチェルは答えを口にするのを躊躇っていた。これもまた、彼の知り得ないことだから、もしかしたら『わからない』というのかもしれない。それがわかっているのになぜ、自分は彼と話しているのだろう。

耳に心地よい答えを聞くためか。それとも常に抱えている孤独を分かち合いたいと願っているのか。分かち合えはしないというのに。自嘲しかけた奏の耳に、戸惑いを滲《にじ》ませたレイチェルの声が響く。

「どうしてあなたはそんなに……臆病なんですか？」

「……え？」

予想外すぎる問い掛けに、奏はそれこそ戸惑ったために、ぽかんと口を開け、レイチェルを見やってしまった。

「不快に感じられていたらすみません。でも、あなたがなにをそんなに臆病になっているのかがわからないのです。どうして相手に拒絶されることばかりを考えるんですか？」

「……それは……」

レイチェルは今、少し怒っているように奏には見えていた。意外すぎて思考が途切れてしまう。このリアクションは自分が求めているものなのか。そんなはずはない。微笑み受け入れてもらえると思ったのに。残念な気持ちが胸に広がり、奏はただ、首を横に振った。

「言えない……」

「……なぜ」

俯《うつむ》いた彼の顔を、レイチェルが覗き込んでくる。美しい顔に浮かんでいるのは心配そうな表情と、微《かす》かな怒りの名残《なごり》。理由を問うのか、と奏はまた首を横に振る。

「言えるわけがない」

「なぜです」

更に問うてきたレイチェルの手が、奏の両肩に伸びてくる。

「言いたくないならこれ以上は聞きません。ただわかってほしいんです。そうも臆病になる必要はないということを」

肩を摑むレイチェルの指の感触。ごく近くまで寄せられた端整な顔。心に真っ直ぐ伝わる声音。そして優しい言葉。

不意に泣きたい気持ちが奏の胸に押し寄せてきた。理由は自分でもよくわからない。激情といっていいほどの思いは押さえ込むことができなくて、気づいたときには口から今まで誰にも明かしたことのない思いが迸《ほとばし》り出てしまっていた。

「臆病にもなる。俺が好きなのは男だ。同性なんだ。受け入れてもらえるわけがない！」

「…………っ」

レイチェルが息を呑《の》む音が奏の耳に響く。随分と酔っていた奏は、レイチェルにも拒絶された気持ちになり、彼の腕を振り解《ほど》くと、ほらみたことか、と叫んでいた。

「引いただろう？　それが怖かった。だから今まで誰にも言ったことがない。ずっとひた隠しにしてきた。俺は恋をしたことがない。恋をするのが怖いんだ。相手に気づかれるのが怖い。気づかれ、拒絶されるのが怖い。だから頭の中で人の恋愛を想像する。皆に受け入れられ、祝福される当たり前の恋愛を……」

自分の書いた恋愛小説が世に受け入れられるたびに、自分自身の真の思いを否定される気持ちになった。真実の自分はきっと受け入れてもらえない。一生、取り繕っていくしかないのだ。

なぜ、そこまでの思い込みに支配されているのか、奏本人にもわかっていなかった。特に何があったというわけではない。厳格な両親に育てられはしたが、性愛についての話をしたことはなかった。自分の性的指向を打ち明けるより前に、鬼籍に入ってしまったので親の影響はない。ゲイなのではないかと噂《うわさ》され、いたたまれない思いをしたなどということはないし、周囲に迫害されているゲイがいたわけでもない。ゲイのひとが周囲にいたことすらない。

自分が異性にまったく興味を持てないとわかったとき、まず奏は愕然とした。同性に対して性的欲求を抱いていると自覚したときは絶望した。絶対に隠さないといけないとなぜだか思い込んだ。理由は自分でも説明できなかったが、隠す以外に生きていく道はないとしか思えなかった。

気づく人は気づくと聞いてからは、人との接触を避けるようにすらなった。付き合うのは同性に興味など抱きそうにない、女性に人気のある男に限られるようになった。女性にだらしない男は敬遠した。本人は性愛にさほど頓着しない人間を選ぶので、友人はごく限られていた。今なら橘くらいなものだ。『友人』ではなく『仕事相手』ではあるが。男性の家政婦を拒否したのも、生活を近くで見られれば気づかれるかもしれないと案じたためだった。このまま一生、気づかれずに過ごしたい。そのためには『恋』とは無縁でいるしかない。長いこと奏はその思いとともに生きてきたのだった。

「無理だ。無理なんだ。俺にとって恋は単なる夢だ。手の届かないところにある憧れだ。だからもう、いいんだ」

叫ぶうちに思考力が奏に戻ってきた。今まで誰にも吐き出せなかったことを口にした、それゆえの昂揚感《こうようかん》が急速に萎《しぼ》んでいくのがわかる。

「……悪い。忘れてほしい。誰にも言うつもりはなかったんだ」

激情が去ってしまうと、空《むな》しさがひたひたと押し寄せてきた。飲み過ぎた。とんだ失態を演じてしまった。みっともない、と自嘲しそれをレイチェルに詫《わ》びようとした。が、直後に、詫びる必要もないのかと気づき、更に自嘲しかけた。そんな彼の耳に、レイチェルの声が響く。

「……無理じゃありません。諦める必要はありませんよ」

「……え……？」

レイチェルは今、この上なく真摯《しんし》な表情を浮かべていた。奏の瞳を真っ直ぐに見つめ静かな、だがしっかりとした口調で言葉を続ける。

「私も当然、恋をしたことはありません。それはそのようにプログラムを組まれているからです。でも蓮見さん、あなたは人間です。恋をしようと思えばできるじゃないですか。諦める必要はありません。必ず手は届きます」

「……レイチェル……」

今、自分は夢でも見ているのだろうか。奏は呆然《ぼうぜん》としてしまっていた。

「羨《うらや》ましいですよ。恋ができるあなたが」

レイチェルが少し寂しげに微笑む。

「……あ……」

『愛している』と言うと設定が初期化される。アンドロイド相手に深く思い入れを持つ人間がいるために取られた措置だという。だから彼は恋ができない。人間側からしかその設定については考えたことがなかったが、アンドロイドの立場からしても、それはつらい設定だったのではないかと、今、初めて奏はそのことを認識したのだった。

「……悪い」

思わず謝罪の言葉が口から零《こぼ》れる。それを聞いたレイチェルは少し驚いたように目を見開いたあと、その目を細め微笑んだ。

「いいえ。気にしないでください。あなたは本当に……優しすぎます」

「俺が？」

「はい」

レイチェルが真面目《まじめ》な顔で頷く。

「別に優しくはないよ」

「優しいですよ。私はアンドロイドなのに、あなたは私が傷つくのではないかと、いつもそれを案じてくれています。橘さんに怒ってくれたり、今もほら、私に謝ってくれたじゃないですか」

「それは当然じゃないのか？」

「それを当然と思うところが優しいんですよ」

レイチェルはそう言うと、未《いま》だ理解できずにいる奏に丁寧な説明を始めた。

「アンドロイドは人の言葉に傷ついたりしないんです。感情がないとされていますから。あなたはそれを頭では理解されているのに、それでも私を労《いたわ》ってくれる。こんな優しい扱いを受けているアンドロイド家政婦はいません。私はあなたのために働けて、本当に嬉しく思っています」

「……ありがとう。俺もレイチェルでよかった……。うん、君がよかった」

今、奏は自然と微笑んでいた。レイチェルの言葉に救われた、と何度も頷く。

「アンドロイドの特性について、あれこれ考えるのはやめたんだ。俺にとっての君は君だ。自分がどう感じているか、それでいいじゃないかと思うようになった。だからその……」

喋っているうちに、言いたいことがなんなのかがよくわからなくなってきて、奏は少し口を閉ざしたが、ともかく、とレイチェルに笑顔を向けた。

「これからもよろしく」

「ありがとうございます。こちらこそ、よろしくお願いします」

レイチェルもまた嬉しげに微笑み頭を下げて寄越す。二人して微笑み合ったあと、今更ではあるが奏は彼に対してまるで八つ当たりのように、己の悩みを吐き出してしまったことが恥ずかしくなった。

「……悪かった。変な話を聞かせてしまって」

「変ではないですよ。私に話してもらえて嬉しかったです」

レイチェルはにっこりと微笑み、そう告げたあと、少し考える素振りをしてから口を開いた。

「私との会話は、サーバーにログとして残ります。勿論、私個体からのものと識別できるような形ではありませんが、今日の会話はサーバーから削除しておきますね」

「……レイチェル……」

配慮を見せてくれるということだろう。ありがとう、と礼を言おうとした奏に対し、レイチェルが少し照れたように笑ってみせる。

「……大切な思い出にしたいのです。私だけの」

「……っ」

今の顔は――そしてその言葉は。ドキ、と鼓動が高鳴り、頬には血が上ってくる。

「照れますね」

レイチェルもまた、恥ずかしそうな顔になっている。彼の頬にも朱が走っているように見えるのは、単なる目の錯覚だろうか。それとも――。

飲み過ぎたがゆえの目の迷いかもしれない。しかしこの胸の高鳴りは決して、酒のせいではない。

ようやく『気づく』ときが来たのだろうか。今まで長い間、敢えて目を背けてきた感情の扉の前に立つ己の姿を頭の中で思い描きながら、奏はその扉に、果たして彼は共に手をかけてくれるだろうかという思いを胸に、隣に座るレイチェルの手に己の手を重ねてみた。レイチェルがその手の上から、彼の手を重ねてくる。

「温かい……」

アンドロイドに体温があるわけもない。が、レイチェルの手は温かかった。

「ご自身の体温ですよ」

レイチェルが可笑《おか》しそうに笑いながら、奏の手をぎゅっと握ってみせる。

「ね？　冷たいでしょう」

「温かく感じるんだよな……」

実際のところ、奏にはレイチェルの手が血の通った人のように温かいものに感じていた。

「酔ってるんです」

「人を酔っ払い扱いして」

「実際、酔っていますからね」

軽口の応酬が楽しい。このときが永遠に続くといい。そう願いながら奏は、胸に溢れる感情を表す言葉を、今こそはっきりと思い浮かべていた。

4

その日から奏の生活は少しずつ変わっていった。まず、レイチェルの充電ステーションを寝室のクロゼットからリビングダイニングに移し、奏が仕事中に充電をすませてもらうことにした。

朝食、昼食、夕食は、奏の希望でレイチェルと共にとる。夜、寝る前には二人連れ立って散歩に出掛ける。怪しまれない程度に、伊達《だて》眼鏡や帽子で顔や金髪を隠し、近所の公園を一周する。人気《ひとけ》のない公園のベンチに座り、どうということのない話をし、家に帰って酒を飲みながらまた話し、満ち足りた気持ちで就寝する。

奏は一人暮らし歴が長く、それなりに快適に暮らしているつもりだった。他人と暮らすのはもう無理ではないかと思っていたが、レイチェルとの生活は彼にとって、一人暮らし以上に快適なものとなった。

家は常に綺麗に片づいており、栄養バランスのとれた食事は、すべてが奏の好みだった。散歩のおかげで適度な運動もでき、体調もこれまでにないほどにいい。

そのおかげで、仕事は今までになく順調だった。満ち足りた生活と気持ちがそうさせるのか、筆の乗りがいい。予定より随分と早く、原稿を上げることができるかもしれない。今まではまったく進まなかったのが嘘のようだと、充実した時間を過ごしながら、それも皆、レイチェルのおかげだと、奏の彼に対する評価はますます上がっていった。

レイチェルは奏の原稿を読み、感想を伝えてもくれた。

「続きが楽しみです」

そう言われるとますますやる気が増し、筆が進む。レイチェルのその言葉が口だけではなく、心からそう言ってくれているのがわかるのがまた、奏のやる気を促進していた。

原稿の進みがいいことで安心されたのか、いつもは頻繁に連絡をくれ、進捗を聞いてくる橘から電話がかかってくる回数は減った。しかし奏がそのことに気づいたのは、久々に電話をしてきた橘から、謝罪されたときだった。

『すみません、なかなかご連絡できなくて』

「いや、大丈夫だ。進捗は順調だよ。できているところまで送ろうか?」

恐縮する橘に対し、放置されたことへの落胆や怒りを覚えることはついぞなかった。明るく返した奏の声に違和感を持ったのか、橘がおずおずとした様子で問い掛けてくる。

『先生、何かいいことでもありました? 随分調子がよさそうです』

「別に何もないよ。生活が整ったら筆も乗るようになっただけだ。君のおかげだよ」

『いや。僕は……』

奏の言葉に謙遜しかけた橘だったが、すぐに何を感謝されているのか察したらしく、確認を取ってきた。

『あ、もしかして家政婦のレイチェルのことですか？　試用期間の終了を待たずに契約されてましたよね』

二週間は無料で試せるということだったが、万一契約できなくなったら困ると、随分と早い段階で奏は橘にレイチェルの管理会社と正式に契約したいと申し入れ、それを受けた橘がすぐさま動いてくれたおかげで、レイチェルがこの先ずっと一緒にいてくれるという安心感を抱くことができていた。

「ああ。満足している。随分と健康的になった。やはり規則正しい生活を送ることが大事なんだと実感しているよ」

『それ、僕が口を酸っぱくして言ったときには全然聞いてくれませんでしたよね』

電話の向こうで、橘がむっとした声を出している。確かにそうだったなと、奏は肩を竦めたものの、すぐに、

「実践してみてわかったんだよ」

と言い返すと、そろそろ電話を切ろうとした。

「そういうわけだから。予定より少し早く完成稿を送れると思う。それじゃあ」

『待ってください。久々なんですよ。もう切ります？』

橘が慌てて引き留めてくる。

「お互い忙しいんだし、仕事に戻ったほうがいいだろう」

しかし奏がそう言うと、不満そうにしながらも『わかりました』と渋々電話を切ることを承諾した。

『近いうちに寄らせてもらいますので』

「無理しなくていいよ。俺も大御所先生に睨まれたくないし」

『大丈夫です。それに睨まれたり叱られるのは先生じゃなくて僕ですんで』

恨みがましさを感じさせながら、橘が電話を切る。やれやれ、と溜め息をついていると、ドアがノックされレイチェルが顔を覗かせた。

「そろそろコーヒーブレイクしませんか？」

「助かるよ。橘君の電話で緊張感が切れたところだったんだ」

奏が笑顔を向けると、レイチェルもまた笑顔を返してきた。

「チーズケーキを焼いたんです。お持ちしてもいいですか？」

「それなら一緒に食べよう」

ダイニングに行くよ、と立ち上がり、レイチェルが開いて待ってくれていたドアへと向かう。

「規則正しい生活を送って健康になったので、執筆も捗《はかど》っていると言ったら、橘君に文句を言われた」

「文句ですか？　どうしてまた」

レイチェルが意外そうに目を見開く。

「前に自分が同じことを言ったときには、聞く耳をまったく持たなかったじゃないかって。実際そうだったので、実践してみてようやく実感したと言い返したら悔しそうだったよ」

「それは……橘様に少し同情しますね」

「そうかな、やはり」

こうした何気ない会話も楽しくて仕方がない。自分が自然と笑みを浮かべていることを、レイチェルの笑顔で気づかされる。

本当に毎日が変わった。今まで自分がどうやって生活してきたのかと思う、と、奏は過去を振り返り、なんとも味気ない日々だったと逆に感心していた。おそらく、これが幸福というものだろう。自分を不幸だと思ったことはなかったが、幸せを実感したこともあまりなかった。だが今なら自分は幸せであると断言できる。この幸せがいつまでも続いてくれるといい。奏はそう願っていたが、彼の幸せは思わぬところから破綻していくことになった。

その日の夜もまた、いつものように奏はレイチェルと共に、夜の散歩に出掛けていた。

「最近、気になることがあるんです」

いつにない緊迫した口調で、レイチェルが奏に話し始めたのは、公園のベンチで二人休んでいるときだった。

「気になること?」

「視線を感じます。この公園内で」

「視線?」

問い返してから奏は、もしや、と思いつき、はっとした。

「ストーカーだろうか。それとも写真週刊誌かな」

「ストーカーというのは例のもと家政婦ですか? あなたに睡眠薬を盛ったという……」

レイチェルの眉間に縦皺《たてじわ》が寄る。

「帰ろうか」

レイチェルは防犯の役割も果たすことができる。専用キットを申し込めばそれこそボディガードとしての役割が果たせるほどの攻撃力を持つとのことだが、奏は特に必要なしと判断し、申し込んでいなかった。

侵入者があった場合に、映像を管理会社に送るといったことは、デフォルトの能力であり、他には聴力や視力が人間よりも優れているといった特徴もあった。

その彼が視線を感じると言うのだ。今日は帰るべきだろう。そう判断し、奏は立ち上がった。レイチェルもまた立ち上がり、奏を庇《かば》うようにして歩き出す。

レイチェルの手は今、奏の背に回っていた。やはり温もりを感じる。体温などないはずなのに、とそれを確かめたくなり、体重を少しかけてみた。

「蓮見さん?」

レイチェルが奏の顔を覗き込む。

「……っ」

思わぬ近さにはっとしたせいで、距離を取ろうと後ろに下がる。バランスを失いそのまま背後に倒れ込みそうになったのを、

「危ない」

とレイチェルが身を乗り出し、支えてくれた。

「ありがとう」

抱き合うような形となったことへの動揺のために、礼を言う声が震え、そのことにまた動揺する。

「いえ」

レイチェルは微笑むと、奏の身体を支えつつ彼を立たせてくれた。

「帰りましょう」

「うん」

そのまま二人、肩を並べて歩き出す。頬に血が上ってくる、その理由から奏は必死で目を逸らしていたが、自覚しないでいられるわけもなかった。

明らかに自分はレイチェルを意識している。彼に触れられたときに胸の高鳴りを覚え、抱き締められたときには頭の中が真っ白になった。

落ち着け。レイチェルにそのつもりがないことは、本人以上に自分が理解している。これは単なる錯覚だ。美しすぎる容姿に見入ってしまっただけだ。

欺瞞《ぎまん》ということはわかっていたが、頭の中でそう繰り返す。それが自分の真の感情なのだと思い込もうとしている時点で本心が別にあるのは自明であるのに、それでも奏は必死で気づかぬふりを貫いていたのだった。

家に戻ると奏は、これから仕事をすると言い部屋に籠もった。いつもであれば共に酒を飲み、会話を交わすのだが、それをしなかったことをレイチェルは気にしているように見えたものの、問うてくることはなかった。

仕事をすると言いながら、パソコンを立ち上げても奏の手はキーボードには向かわなかった。部屋に籠ったのはレイチェルと顔を合わせるのを避けたかったからだった。いつものように共にグラスを重ねたりしたら、自分が何を言うかわからないとも思った。

レイチェルとの生活は心地よい。それはすべてレイチェルのおかげだ。快適な毎日を送れているため、原稿の進みもいい。健康面も申し分ない。

そう。これ以上、望むものはないはずだ。

『はずだ』

己の思考にひっかかりを覚えたが、敢えて思考を手放した。そのまま机に突っ伏し、溜め息を漏らす。

アンドロイドは恋ができない――あの日、レイチェルから聞いた言葉が奏の耳に蘇る。

『羨ましいですよ。恋ができるあなたが』

あまりに自分好みであるので、クライアントが恋愛感情を抱いてしまうことがある。その話を聞いたとき、まさか、と思ったものだった。

しかし、今は――。

「まさか、だよ。やはり」

呟く己の声が空しく室内に響く。変に意識をすれば、きっとレイチェルは気づく。この快適な日々を継続させるために自分ができることは一つ。余計なことは考えない、それだけだ。

もう寝よう。結局仕事はせずに、バスルームへと向かう。寝れば気持ちもリセットされるはずだ、と自身に言い聞かせていた奏だが、翌日には思いもかけない展開が待ち受けていたのだった。


いつものようにレイチェルと共に朝食をとっていた奏のスマートフォンに橘から着信が入

ったとき、奏は、こんな早朝から珍しいとは思ったものの、悪い通知とは露ほども考えていなかった。

「どうした？」

『先生……その……弊社発行の写真週刊誌から編集部に問い合わせが入っていまして……』

「写真週刊誌？」

まるで心当たりがない。首を傾げつつ問い返した奏に橘は、とにかくこれから訪問したいのだがと申し入れてきた。

『詳しくはお会いしてから話します』

「わかった。待ってるよ」

珍しく橘の声が硬い。もしやまた、身に覚えのないスキャンダルを捏造《ねつぞう》されでもしたのだろうかと、奏は憂鬱になった。

以前、面識もない女優側の策略で、『マンションへの通い愛』という記事が出たことがあった。奏の住むマンションと知り、あとから越してきた女優が売名のために人気小説家との『通い愛』ネタを捏造し、週刊誌に売ったのである。そのときは橘が即座に対応をしてくれ、事実無根であるということを世に示してくれた上で、引っ越しの手配も請け負ってくれたのだった。

不愉快ではあったが橘の対応が素早かったおかげで、記者やパパラッチに悩まされることはなかった。今回もこんな早朝から動いてくれようとしているのだ。同じような展開になるに違いない。

橘にまた手間をかけることになるのは申し訳ないがと思いつつ、奏はレイチェルに間もなく橘が来訪する旨を伝えた。

「橘様が」

レイチェルは意外そうに目を見開いたものの、すぐ「わかりました」と微笑み頷いた。

「朝食は召し上がりますかね」

「どうだろう？　何も言ってなかった。それどころじゃないかもしれない」

「というと？」

途端に心配そうな表情になったレイチェルを気遣い、奏は写真週刊誌の件で来るらしいという情報は与えないでいようと決めた。

「たいしたことじゃないよ、多分、橘君にとっては」

「信頼してらっしゃるんですね」

レイチェルの言葉に奏は「そりゃね」と頷いた。

「何せ君を紹介してくれた」

「そうですね」

レイチェルもまた嬉しげに微笑んでいる。この笑顔があれば、少しの憂鬱など軽く耐えられるに違いない。そう確信しながら奏もまたレイチェルに微笑み返したのだった。

橘は三十分もしないうちにやってきたが、その表情はいつになく硬かった。

「どうした？　またスキャンダルを捏造されたか？」

「……捏造というか……先生に事情をお聞かせいただきたいんですが」

「俺に？　なんだ？」

心当たりはまるでないし、そんなことは聞かずとも橘であればわかっているはずなのに、と眉を顰める奏に対する橘の顔は強張《こわば》っている。一体何事だと、奏が見つめていると、橘はバッグからタブレットを取り出し、操作したあとそれを奏に手渡してきた。

「……え？」

タブレットに表示されているのは、夜撮られたと思われる写真だった。暗すぎてよくわからない、と目を凝らし、ようやく被写体が何かを理解したと同時に、奏は息を呑んでいた。

「この写真が写真週刊誌に送られてきたんです。昨夜、このマンションの近所の公園で撮られたものとして。写っているの、先生とレイチェルですよね？」

写真の中では、レイチェルと奏が抱き合っているように見える。いつの間に撮られたのだろう。そしてどこから？　シャッター音など聞こえなかったのだが、と奏はタブレットから顔を上げ、橘を見やった。眉間にくっきりと縦皺を刻んでいる彼もまた、奏を見返してくる。

「ああ。昨夜、公園を散歩したときだ。レイチェルが誰かに見られていると気づいてくれ、

早々に引き上げることにした。立ち上がったとき俺がバランスを崩したのを抱き止めてくれた、そのときの写真だよ」

「抱き合っているように見えます」

「抱き合ってはいない。説明したとおり、俺が後ろに倒れそうになったのを支えてくれた。時間にしたらほんの数秒だったと思う」

「その瞬間を、悪意をもって切り取られたと、そういうことですね？」

ようやく橘の表情が和らぐ。安堵の溜め息を漏らす彼を前に奏は「そのとおり」と頷くと改めてタブレットを見やった。

一体誰がこんな写真を撮ったのか。その意図は？　もしや、とある可能性に気づき息を呑む。

今まで女性関係で噂が立ったことがない上、未だ独身であることから、実はゲイではないかという噂があると、以前他社の編集に冗談として言われたことがあった。下ネタは嫌いだと不快にしてみせたために、その話題が引っ張られることはなかったのだが、そのとき奏が感じたのは、見る人が見れば自分の性的指向は容易に見抜かれるのではないかという不安だった。

それ以降、さまざまなことに気をつけていたというのに。青ざめそうになったが、ここで青ざめると図星ととられる危険がある。それで奏は敢えて気づかないふりを貫くことに決め、自分から橘に確認を取った。

「この写真はどういう意図で掲載されるというんだ？」

「掲載はされません。こちらで止めました。写真を送ってきた人間は、先生のゲイ疑惑の証拠だというコメントをつけてきたそうです」

「ゲイ疑惑……そんな疑惑があるのか？」

「聞いたことはありません。女性たちの願望じゃないですか？　先生がゲイなら、他の女性と結婚することはないだろうという」

「馬鹿馬鹿しい」

そんな理由で、と、憤りからつい、吐き捨てるような口調になってしまっていた奏に、言いづらそうにしつつも橘が話を続ける。

「写真週刊誌のほうは抑えられたんですが、同じ写真がネット上でかなり拡散されているというんです。それで何かしらの対応をしたほうがいいのではということになりまして」

「拡散？」

ゲイ疑惑と共に？　鳩尾《みぞおち》のあたりがぐっと押されるような感覚に陥り、つい、手を当てる。

「ええ。痛くもない腹を探られるのもつまらないですから。その前に手を打っておこうと思うんです」

「手を打つというのは？」

脂汗が額に滲む。世間からゲイという目で見られるようになるかもしれない。想像するだけで身が竦む。尋ねる声が掠《かす》れそうになるのを気力で堪え、問い掛ける。目が泳ぐことをおそれ、タブレットに視線を落としたままでいたが、橘の提案はそんな奏の顔を上げさせるほどに衝撃的なものだった。

「一緒にいるのは人間ではなくアンドロイドの家政婦であることを大々的に発表します。加えてさきほどお聞きした状況も明らかにしたほうがいいでしょう。いっそ、アンドロイドの口から当時の状況について語らせるのはどうかと思うんです。確かレイチェル型の目と耳は情報収集が可能で、クライアントの危険を察知したときは映像と音声が本体に保存されるんじゃなかったかと」

「ちょっと待ってくれ。レイチェルをマスコミに？」

レイチェルがそんな機能を持っていることを奏は知らなかった。この写真が撮られたときのことを思い返すに、疚《やま》しい行動は何一つないと胸を張って言える。

だが――だが、レイチェルをマスコミに晒《さら》すというのはどうなのだ。彼が嫌な思いをすることになるのではと案じ、反対しようとした奏に対し、橘は反論の余地を与えずに言葉を続ける。

「はい。既に管理会社の許可は取ってあります。先生が使っていることが公表されれば宣伝効果がどれほど見込めることかと喜んでいました。先生にとってもいいと思うんですよ。もし写真を撮り、送ったのが先生のストーカーだとしたらこの機会に摘発できるかもしれない」

「それは助かるが……」

正直なところ、奏はあまり乗り気ではなかった。理由は自分にも説明がつかない。が、レイチェルをマスコミのカメラの前に晒すのは、正直、いやだった。

「早速、準備にかかりましょう。ああ、レイチェル、君に協力を仰ぎたいんだ」

ちょうど橘のために淹れたコーヒーを運んできたレイチェルに、橘が声をかける。

「なんなりと」

レイチェルがにっこり微笑み、会釈をする。

「レイチェル、もしも……」

乗り気じゃないのなら断ってくれていい。そう言いかけた奏の声に被せるように橘が話を続ける。

「蓮見先生をスキャンダルから守るために、君にマスコミの前で話してもらいたい。あ、先生、タブレット、いいですか？」

橘が手を出してきたことで、奏は彼を自然と睨んでいた。

「先生？」

「悪い、なんでもない」

橘は自分のことを思ってくれているのに、腹を立てるのは間違えている。それで謝罪をし、タブレットを渡すと、橘は不可解そうな表情をしつつも「ありがとうございます」と礼を言ってから、そのタブレットをレイチェルに示し、彼に話しかけた。

「こんな画像がSNSにばらまかれてしまっている。先生はゲイ疑惑があるとされ非常に迷惑をしている。状況は今、先生から伺ったんだが、このときの映像と音声、保存されているかい？」

「はい、いつでも再生可能です」

レイチェルが微笑み、頷いてみせる。

「それをマスコミに発表した上で、君に説明してもらいたい。記者会見を開く予定だ」

「記者会見……ですか」

レイチェルは少し戸惑ったような表情を浮かべているように見える。やはり彼はやりたくないのではと思ったときには、奏は彼に声をかけていた。

「レイチェル、断ってくれてもいい。君がやりたくないのなら」

「先生、アンドロイドに感情はありませんよ」

レイチェルではなく橘が眉を顰め、奏に言い返す。

「しかし……」

ならなぜレイチェルはあんな顔をしているんだと指摘しようとした奏の耳に、レイチェルの淡々とした声が響いた。

「私の一存では決められません。管理会社の許可が必要となります」

「それなら問題ない。既に許可は取ってある」

「さようでしたか。かしこまりました」

レイチェルの顔には笑みがある。独断では決められないから戸惑ったというのか。本当にそれだけか？　奏は尚《なお》もレイチェルに問わずにはいられなかった。

「晒し者のような扱いを受けるかもしれない。本当にいいのか？」

「お気遣いありがとうございます。大丈夫ですよ」

レイチェルが奏に微笑み返す。

「そうですよ、先生。宣伝になると管理会社も喜んでいるんですから」

「しかし本来なら俺がマスコミに発表することだろう？」

頭では自分の主張が空回りしていることが奏にはわかっていた。橘はあくまでもレイチェルには感情がないと思っている。そんな彼に対し何を言おうが、気持ちは動かせないとわかるのに、それでも言わずにはいられなかった。

「先生を傷つけたくないんです。記者会見に同席されたいとおっしゃるのでしたら勿論、ご希望どおりにしますが、今回は必要ないと思いますよ。マスコミはあることないこと、いや、『ないことないこと』を書く社もあります。先生も今まで嫌な思いをしてきたじゃないですか。今回の件はアンドロイド型家政婦だと発表するだけですから」

「…………しかし……」

橘の言うとおりだろう。今まで事実無根な記事を書かれたことは何度もあった。なんでもない発言一つをねじ曲げられた解釈で記事にされたこともある。それでもレイチェル一人をマスコミの餌食にするのであればと、尚も同席を主張しようとした奏に、レイチェルが話しかけてきた。

「蓮見さん、大丈夫ですよ。あなたの受けた誤解を私が解明してまいります」

「……レイチェル……」

レイチェルには以前、自分が異性を愛せないことを告白していた。なので彼だけはゲイ疑惑が『誤解』ではないことを知っているはずなのだ。にもかかわらず、敢えて『誤解』と言ってくれている彼に感情がないなど、あり得ないだろうと奏は愕然としてしまっていた。

「凄いな。こんな物言いもできるんですね。先生が人間と混同されるのも無理はない」

へえ、と橘が心底感心したようにレイチェルを見る。好奇の目は自分に向けられたものではなかったが、本当に腹立たしい、と奏は橘を怒鳴りつけようとしたが、すぐに思い留《とど》まった。気づいたらしいレイチェルが微笑み口を開いたからである。

「そのように製作されておりますので」

「……っ」

『製作』という言葉を敢えて使ったのは、自分に聞かせようとしたのではないか。人間では

ないと納得させるために？　そんな、と、思わず息を呑んだ奏は、橘の、

「先生？」

という呼びかけに、はっと我に返った。

「……なんでもない。君に任せるよ」

いたたまれない気持ちが奏を不機嫌にさせていた。

「執筆に戻らせてもらう」

そう告げ、ソファから立ち上がる。執筆と言えば、滅多なことがない限りは橘は書斎に入って来ないとわかってのことだった。

「わかりました。お任せください」

背中で聞く橘の声には、彼の抱く不可解さが滲んでいるのがわかった。が、奏は振り返ることなく部屋を出て書斎へと向かった。

パソコンを前にしても苛立《いらだ》ちが募り、キーボードの上に手が行くこともなかった。しかし執筆すると言ってしまった以上、嘘はつけないと、今まで書いた原稿を呼び出し、眺める奏の口から溜め息が漏れる。

と、ドアが遠慮深くノックされる音がし、ドア越しにレイチェルの声が響いてきた。

「すみません、入ってもよろしいでしょうか」

「……どうぞ」

レイチェルと共に橘が入ってこようものなら、即座に出てもらおうと思いつつ、返事をする。と、すぐにドアが開き、レイチェルが一人で書斎へと入ってきたため、奏は詰めていた息を吐き出し、彼を見やった。

「どうしたんです？」

レイチェルが眉を顰めつつ近づいてくる。

「……本当にいいのか？　俺は別に困っていない。スキャンダルだって慣れたものだ」

レイチェルが自分に気を遣い、マスコミの前に出るというのならやめさせたかった。それで告げたというのに、レイチェルは微笑み、首を横に振ってみせた。

「嘘です。困ってますよね？」

「困ってないよ」

「……私には嘘をつく必要はないんですよ」

レイチェルは今、困ったように微笑んでいる。

「嘘じゃない」

「嘘です。ゲイだと噂されるのは嫌だと感じているでしょう？」

レイチェルの指摘が当たっていたため、奏はうっと言葉に詰まった。その理由も彼は知っている。が、それを気遣ってくれなくても大丈夫だと尚も言葉を足す。

「嫌ではあるけど、噂なんてそのうちに消える」

「それではなぜ私がマスコミに出るのを止めてくれようとしてくださっているんですか？　私が傷つくと思うから？」

逆にレイチェルに質問され、奏はまたも言葉に詰まった。

レイチェルが不快に思うのではないかというのは、自分の思い込みであり、レイチェルの感情ではない。そもそもレイチェルはどう感じているのか、それを確かめるのが先だったと、今更気づいたことがなんとも情けない、と溜め息を漏らす。

「……悪い。自分がいやなことは君もいやだという思い込みだ……いや、それ以上に、君が好奇の目で見られるのが嫌だった……かな」

「私が好奇の目で見られると、私の雇い主であるあなたも好奇の目で見られるから？」

「それは関係ない。見たい奴は見せておけばいい……あ」

言い放ってから奏は、思わず声を漏らした。同じことを考えたらしいレイチェルもまた、にっこりと微笑んでみせる。

「はい、私も同じ考えです。好奇の目を向けてくる人は向けてくればいい。私は何も気にしません」

「……そうだな……気にしすぎということなんだな」

思い入れがありすぎて、不自然なほどに庇おうとしていたと、今の今、奏は気づいた。溜め息を漏らす彼にレイチェルは相変わらず優しげに微笑み、頷いてみせる。

「嬉しかったですけどね。ありがとうございます、蓮見さん」

「レイチェル……」

礼を言われたことで、奏の胸に熱いものが込み上げてきた。心が揺さぶられるのを感じるが、なぜそのような状態になるのか、奏自身、よくわかっていなかった。

「これから橘様と出かけてきます。夕食の準備までには戻れると思いますが、もし間に合わないようでしたら、冷凍庫に作り置きのカレーとご飯がありますので」

「わかった。気をつけて」

レイチェルの作ってくれたカレーは美味だった。思い出していた奏に、レイチェルが笑顔で礼を言う。

「ありがとうございます。あまり根を詰めすぎないようにしてくださいね。途中休憩もしてください」

「うん。そうするよ」

いつもであれば、休みたいなと思うタイミングでレイチェルがコーヒーを淹れてくれたり、何か甘いものでも食べないかと誘ってくれたりする。それが一日ないだけで、なぜこうも寂しい気持ちになるのか。その理由にも奏は気づいていなかった。

否。本当は気づいていたのかもしれない。必死で目を逸らすしかない自分自身を、認めたくないというだけかもしれなかった。

「いってまいります。鍵はかけて出ますので」

レイチェルが一礼し、部屋を出ていく。見送りたいが、共に橘もいることがわかっているので、部屋に留まることにする。明らかに橘との会話を避けた結果だった。

橘に対して腹立たしく思うのは単なる八つ当たりに近い感情だとはわかっている。それでもやはり、彼がレイチェルに向けた言葉や好奇の目には怒りを覚える。

橘にとってはいい迷惑だ。彼は自分を気遣い、よかれと思って行動しているだけなのに。

反省し、溜め息を漏らすと奏は、せめて彼を待たせている原稿を頑張ろうと画面に向かうと、気持ちを入れ換え、キーボードを叩き始めたのだった。

5

橘《たちばな》の仕組んだ記者会見は、大変な話題となった。

まずは、SNSに拡散されている奏《かなた》とレイチェルの写真について、撮影者は奏のストーカーであり、警察に捜査を依頼したと発表した上でレイチェルを登場させ、彼が人間ではなくアンドロイドの家政婦であることを司会も務めた編集長が説明した。

レイチェルの機能として、危機を察知した場合はそれを録画するというものがある。このときの映像も音声も残っており、それを警察に提出したとも報告した。公園の茂みに隠れ、カメラを構える女性の姿をはっきりと写していたので、間もなく特定できると編集長が発表すると、その後は家政婦としてのレイチェルの機能のプレゼンを管理会社が行い、最後にレイチェルが記者からの質問に答えるという流れにしたのだが、世間の注目が一番集まったのは、人間にしか見えないレイチェルの容姿や声音、そして動きだった。

富裕層の間で流行《はや》り始めたとはいえ、庶民には手が届かない価格帯だったこともあって、存在は知られていたものの一般的ではなかった『アンドロイドの家政婦』の知名度が一気に上がった。今までは女性型のアンドロイドが人気だったが、動いているレイチェルを見て、男性型も執事のようで、家に置くのにいいのではという流れができ、量産されることになったという。

レイチェルの製造番号は一気に三桁から四桁へと上がったと同時に、アンドロイドと人間の恋を描く漫画や小説、それにドラマや映画が巷《ちまた》では現れ始めた。

製作がほぼ同時に開始されたのは、流行を作ろうとする広告代理店の手法だと、あとから奏は橘に聞いて、なんとも嫌な気持ちになったのだが、始まったドラマにはレイチェルと同じ型のアンドロイドが出演し、演技も巧みだと、それも話題となって、ますます『レイチェル』の人気は上がっていった。

レイチェル型アンドロイドを用いた創作がそうも流行の兆しを見せているのは、その特徴によるためだった。

『愛している』と言うと設定がリセットされる。必要以上にクライアントが思い入れを持たないための設定だが、それが悲劇的だと話題になったのだった。

恋をしてもそれを告白すると、リセットされてしまう。それが悲しい。でもこの思いは伝えたい――そんな安っぽいメロドラマ風の作品が人気だと聞き、奏は世も末だと呆れ果てた。

オプション部品を装着すればセクサロイドになるため、ＡＶまで撮影されたというが、発売前に製造元が気づき、許可を出さなかったため市場に出回ることはなかった。

ニュースやワイドショーで、アンドロイド家政婦はよく話題となった。先日はホストに嵌《は》まっていたキャバ嬢たちが、ホストに貢ぐお金でレイチェル型アンドロイドと契約をし、充実した生活を得たというドキュメントが流れていて、一段とレイチェルの人気が上がったという。ホストクラブでもレイチェルを雇おうとしていたが、こちらも製造元から許可が下りずに中止となったというニュースもその後、流れることとなった。

レイチェルと同じ姿をしたアンドロイド家政婦は、街中でもよく見かけるようになったというニュース映像を、奏は偶然、レイチェルと一緒に観ることになり、なんともいえない気持ちに陥った。

レイチェルはどう感じているのか。特に何も思うところはないのか。それを聞いてみたいが、敢《あ》えて聞くのも躊躇《ためら》われ、そっとテレビを消すと、レイチェルもまた気づいているだろうになぜ消したのかといった問いかけをすることもなく、違う話題を提供しては奏の胸に罪悪感を芽生えさせた。

その後、橘経由で、レイチェルの製造元からの依頼ということで、レイチェルとの生活についての取材の申し入れがあったが、執筆が忙しいのを理由に断った。レイチェルをマスコミ発表して以来、橘との関係は今までになく、ぎくしゃくしてしまっていた。

未《いま》だ、橘に対して腹を立てているというわけではない。ただ、壁のようなものは感じていた。今まで奏にとっての最大の理解者は橘だったが、彼との間で意思の疎通が図れないという体験を初めてしたせいで、距離が生まれたという感じだった。

今、その地位はレイチェルが担っている。橘のインプットがその理由であることはわかっていたが、作品に対する理解も橘よりレイチェルのほうが深いように奏には感じられた。

橘はおそらく、奏のモチベーションを下げないようにという配慮で、改善を求めるときには言葉を選ぶ。しかしそれが『配慮』であるとわかるため、奏を苛立《いらだ》たせていたのだが――配慮とわかるだけに、苛立ちを本人にぶつけることがなかったため、橘には気づかれていないものと思われた――レイチェルはそこまでわかっているからか、ズバリと指摘をして寄越《よこ》す。それがすべて納得できるものであることもあって、奏の中にすっと入ってきて、その部分は書き直したほうがいいと素直に思える。編集者としての能力も抜群だと、奏はますますレイチェルを頼るようになった。

夜の散歩も再開した。写真を撮ったのは、かつて奏に睡眠薬を盛ろうとしたもと家政婦と特定され、彼女には警察から接近禁止命令がくだされた。

とはいえ、それまでの散歩コースは選ばず、レイチェルが運転する車で家から離れた場所に行き、そこを歩くという、散歩というよりドライブといったほうが相応《ふさわ》しいような行動となった。奏は免許は持っていたものの、車は使わないからと所有していなかったのだが、このために新たに購入した。

どういうルートで聞き込んだのかは不明だが、車の購入はすぐに橘に知られることとなり、電話がかかってきた。

『先生、車を買われたんですか?』

「ああ。それが何か?」

奏としては当然、他に用事があって電話をしてきたものと思ったが、橘の目的は車の購入を確かめるためのみとわかり、不思議に思って問い返した。

『いえ、買うなら相談してくれたら、信頼できるディーラーを紹介できたのにと思って……』

「国産の新車を考えていたので、普通に自動車メーカー直営のディーラーで買えたよ。ありがとう」

これで話は終わったと思ったのに、橘はなぜか話題を長引かせてきて、奏の苛立ちを誘った。

『どうして車を買う気になられたんですか?』

「別に……気分転換にドライブもいいかと思ったんだ」

嘘ではないのに、橘はその理由に納得しなかった。

『先生、ペーパードライバーだと仰ってませんでしたか? 免許は証明書としてしか使ってないと』

「そうだ。運転するのはレイチェルだから大丈夫だよ」

『レイチェルですか……』

橋がそう言い、黙り込む。物言いたげな様子をしていることに気づきはしたが、問い掛ければ不快な言葉しか返ってこない予感がしたので、奏は電話を終わらせることにした。

「用がないなら切るよ。興が乗ってきたところだったんだ」

『……失礼しました。近々、お邪魔させてください。打ち合わせもしたいので』

「わかった。じゃあ今の原稿が終わったら」

それじゃあ、と電話を切ろうとした奏を、橋が焦った声音で止めてくる。

『先生、今の原稿について、何かありませんか？　前にラストを迷っていると仰ってませんでしたっけ？』

「ラスト……？　ああ、もう決めたよ」

そういえば以前、そんな話を橋にはした記憶があった。が、その後、レイチェルに話しながら頭の中を整理していくうちに、自然とラストは決まっていった。そのラストに向け、今勢いがついてきたところなので、と電話を切ることにする。

「週明けには原稿を渡せると思う。それじゃあ、また」

『あ、先生』

「なに？」

まだ何か用事があるのか。無意味な引き留めに思えたせいで、奏の口調には少し苛立ちが滲《にじ》んでしまった。

『失礼しました。それでは週明け、お待ちしています』

橘は敏感に気づいたようで、即座に謝罪をし、電話を切る。一体なんの用事だったのか。ああ、そうだ、車を買ったかという確認だったが、なぜ確認を取ろうとしたのか。不審に思いはしたが、今はまず原稿を仕上げたいと、奏は早々に思考を打ち切り、執筆に戻った。

物凄《ものすご》い勢いで書き続け、ふと集中が切れたときに、ノックの音と共にドアが開く。

「蓮見《はすみ》さん、そろそろ夕食にしませんか」

「レイチェル。まさに今、休憩しようとしていたんだ」

さすがだな、と感心しながら振り返り、レイチェルに微笑《ほほえ》む。

「それはよかった。今日はすき焼きです。この間食べたいと言ってたから」

「それは嬉《うれ》しいな。ああ、気づけば腹が空《す》いてたよ」

「二時間ぶっ続けで執筆していましたからね」

「そんなに？」

集中すると時間の経過を感じなくなる。二時間も没頭できたとは、と自分自身に感心していた奏だったが、続くレイチェルの言葉を聞き、確かに、と頷《うなず》いた。

「橘様との電話を切られたのが二時間前ですので」

「ああ、そうだった。橘君もたいした用もないのに電話をしてきて、あれは何が言いたかったんだろうな」

「そうなんですか？」

　目を見開くレイチェルに奏は、

「車を買ったかどうかの確認だったよ」

　と橘の電話の用件を伝えた。

「蓮見さんに便宜を図りたかったんじゃないでしょうか。ディーラーを紹介する等の」

「そうそう、それは言ってた。今までは頼り切ってたからな。俺が騙《だま》されたりしていないか、心配してくれたのかも」

　そういうことか、と、レイチェルと話しながら奏は疑問の答えを見つけ、納得した。レイチェルはただ、微笑んでいる。

「食事が終わったらまたドライブしないか？　夜景が見たいな。ラストシーンに夜景を書きたいんだ」

「ロマンチックでいいですね。よさげな場所を探しますね」

　笑顔で頷いてみせるレイチェルに「頼むよ」と奏も微笑む。こんなふうに満ち足りた時間を過ごす日々が永遠に続くといい。そう願いながら奏はレイチェルと共に部屋を出て、完璧に自分好みの味付けであることが約束されているすき焼きを食べるためにダイニングへと向かったのだった。

週末を待たずに脱稿したため、校正能力もあるというレイチェルに矛盾点の指摘から表記ゆれ、誤字脱字などを確認してもらってから、奏は完成稿を橘にメールした。送った時刻は二十三時と遅かったが、橘からはすぐに電話がかかってきて、レイチェルと共に打ち上げの乾杯をしようとしていた奏を驚かせた。

『原稿、ありがとうございます。早速読ませていただきます』

橘の声が弾んでいる。それだけ待たせたからなと申し訳なく思いつつ、奏はまずは詫《わ》びを口を開いた。

「待たせて申し訳なかった。今回は自分でも満足のいく仕上がりになっているんだ。君の感想も是非、聞かせてほしい」

『勿論です。すぐに読みます。ありがとうございます！』

原稿到着のお礼を言いたかった、と橘は弾んだ声でそう言い、電話を切ったが、二時間後には熱い感想が書かれた長文メールが奏宛に送られてきた。

「早いな。もう読んだんだ」

スマートフォンで橘からのメールを読み、彼が満足していることに安堵《あんど》する。

「気に入ってもらえたみたいだ」

早速レイチェルに報告すると、レイチェルもまた安堵したように微笑んだ。

「よかったです。素晴らしい作品だと思ったんです、私も」

「本当に？　嬉しいな」

「勿論《もちろん》本当です」

レイチェルが大きく頷くのを見て、奏は嬉しくなった。今日、二人が飲んでいたのはワインだったのだが、そろそろボトルが空になろうとしていた。

「そうだ、シャンパンで乾杯しよう」

「いいですね」

レイチェルがシャンパンを取りに行っている間に奏は、橘のメールに『気に入ってもらえて嬉しい。安心した』と返信した。と、送って一分もしないうちに携帯が鳴り、画面を見て奏は橘がかけてきたことを知った。

「もしもし？」

何か用事があるのだろうか。不思議に思いながらも電話に出ると、橘の明るい声が電話越しに響いてくる。

『先生、まだ起きてらっしゃったんですね。これから伺ってもいいですか？』

「え？　これから？　もう深夜一時過ぎだぞ？」

来るといっても電車も動いていない時刻だがと、戸惑いつつ返すと、

『タクシーを使うので大丈夫です。感想を直接語りたいので』

と橘が興奮した声音でそう告げる。

『もうすぐお休みになるということでしたら明日にしますが』

ここで彼がはっと我に返った様子となり、慌てて言葉を足したのを聞き、奏は思わず笑ってしまった。

「寝ないよ。今、脱稿の打ち上げをしていた。君からの感想メールが嬉しくて、祝杯を挙げ直そうとしていたところなんだ。一緒に飲もう」

思えば橘はいつも、原稿を送ったあとには直接感想を語りに来てくれたものだった。一番最初の読者である彼の、作品への愛がこもった言葉の一つ一つがどれだけ励みになってきたか。奏は改めてそれを思い出し、彼とも祝杯を挙げたい気持ちになったのだった。

橘のリアクションを奏は、喜んでくれるものとばかり思っていた。それで誘ったのだが、電話から聞こえてきた彼の声は、いつになく強張《こわば》ったもので、奏は戸惑いを覚えることとなった。

『……打ち上げって、もしやレイチェルとですか?』

「ああ。原稿を送る前に、チェックをしてもらったからね。完成するまでには随分相談にも乗ってもらった。レイチェルは本当に有能なんだよ。多分、今回の校正者は楽なんじゃないかな」

『……とにかく、行きます』

橘は短くそう言うと、電話を切ってしまった。

「おい？」

わけがわからなかったものの、結構酔っていたこともあって、奏は、まあいいか、とスマートフォンを机の上に置いた。

「どうしました？」

シャンパンとグラスを手に戻ってきたレイチェルが、奏に問い掛けてくる。

「橘君がこれから来るそうだよ」

「橘様が？　それではグラスをご用意しますね」

レイチェルはにっこり微笑みそう告げると、再びキッチンへと戻っていき、橘のためのグラスや取り皿を手に戻ってきた。

「感想を直接語りたいと言ってたんだが、電話を切る直前、ちょっと様子がおかしかったな」

疑問を覚えていたことをレイチェルに話す。

「おかしいというと？」

「ともかく行くからと電話を切られてしまった。それまでは上機嫌だったのに」

「……そうですか。何かあったんですかね」

レイチェルもまた、不思議そうに首を傾《かし》げる。と、インターホンの音がしたので、レイチエルが玄関に向かった。

「すみません、チェーンをかけていますので」

橘は鍵を持っており、それで開けて入ろうとしたようだが、用心のためにドアチェーンをかけるようにしているレイチェルがそれを外しに行ったのだった。

「ありがとう」

二人のやり取りが、開いたドアから聞こえてくる。やはり橘の声は硬いようだと思いつつ彼を迎えた奏は、声だけでなく表情も硬いことに気づき、首を傾げた。

「早かったな。どうした？　怖い顔をして」

「……っ。失礼しました」

奏の指摘を受け、橘は息を呑《の》んだあとすぐに頭を下げた。

「謝ることはないよ。チェーンをかけてたからか？　外しておけばよかったな。例のストーカー騒ぎでちょっとナーバスになってたもので、在宅しているときはチェーンをかけるようにしてるんだ」

祝杯を共に挙げようと誘っておきながら、中に入れないようチェーンをかけていたことを怒ったのかと、奏はそう解釈した。

「身の安全のためには必要だと思いますよ、僕も」

しかしそうではなかったらしく、橘は笑顔で頷いてみせる。彼の表情が再び強張ったのは、

レイチェルが、

「橘様、シャンパンでよろしいですか？」

と話しかけたときだった。

「……すまないが、先生と二人にしてもらえるかな」

「え？」

橘が話しかけたのはレイチェルに対してだったが、疑問の声を上げたのは奏のほうだった。

「かしこまりました」

レイチェルは橘に一礼すると、奏に向かっては、

「ご用のときにはお呼びください」

と微笑み、やはり一礼してから部屋を出ていった。

「橘君、どうしてレイチェルを部屋から出したんだ？　彼に聞かれて困る話というのがさっぱり見当がつかないんだが」

レイチェルを蚊帳《かや》の外に置こうとする橘に奏は反発を覚えていた。何を聞こうがレイチェルが自分に不利益なことをするはずがないのは、橘もよくわかっているだろうにと、自然と彼を睨《にら》んでいた奏に対し、橘もまた強張った表情のまま問い返してくる。

「先生、レイチェルに作品に関する相談をしていると仰《おっしゃ》ってましたよね。本当ですか？」

「本当だが？」

何が悪いのかと問い掛けようとし、もしや出版社との契約違反にあたると言いたいのかと気づく。

「第三者に内容を話したからか？　案じる必要はないとは思うが、もしも気になるのなら、レイチェルと守秘義務契約でも結んでおこうか？」

「……そんなことを気にしているわけではありません」

橘が溜《た》め息を漏らし、奏から視線を外して俯《うつむ》く。

「なら何を気にしているんだ？　君に相談をしなかったことか？」

まさか、と思いながら奏はそう問い掛けたあとに、今まで何もかも相談してきたわけではないだろうにと、それを思い出させることにした。

「君と一緒に仕事をして五年になるが、相談することもあるがしないこともあっただろう？一作前のは確か、まったく相談しないで仕上げたはずだ。違うか？」

「……いえ……そのとおりです」

相変わらず目を伏せたまま、橘がぼそりと言い返す。なら何を怒っているのだと、不思議に思いながら奏は、一応、彼に相談をしなかった理由を説明しておくことにした。

「君も俺以外に担当作家を持つことになり——それが君の社にとって最重要といっていい先生ということもあって、俺も多少、気を遣ったんだ。君も忙しいだろうし、今迄《いままで》のように頼り切りでは申し訳ないと、そう思ったんだよ」

「我が社にとっては先生も最重要な作家です」

橘はきっぱりそう言い切ったが、彼が今担当している大御所とは比べものにならないというのが世間の評価だと、奏は首を横に振った。

「気を遣ってくれなくていい。ともかく、今回の作品は君も気に入ってくれた。それじゃ駄目なのか？」

「……駄目ではありません」

再び目を伏せ、橘がそう言い、首を横に振る。

「なら祝杯を挙げよう。レイチェルも呼んで」

だが奏がそう誘うと、不意に橘は顔を上げ、奏に詰め寄ってきた。

「なぜレイチェルを呼ぶ必要があるんです？　レイチェル抜きでは駄目なんですか？」

「逆になぜ彼抜きにする必要があるんだ？」

要はレイチェルが気に入らなかったということか。察しはしたが、理由まではわからず、奏もまた橘を真っ直《ます》ぐに見据え問い返した。

「先生はレイチェルに依存しているように見えるからです」

橘の言葉に奏は反発し、立ち上がった。

「依存ってなんだ。確かにレイチェルには生活のすべてを支えてもらっている。快適に暮らせるのはすべて彼のおかげだ。それを依存というのなら確かに俺は彼に依存しているが、そもそも快適な生活を送るために君が彼を雇うよう、勧めてくれたんじゃないのか？」

「そういうことじゃありません。『彼』と、呼んでいる、そのことです」

「彼は彼だろう」

意味がわからず言い返した奏の上腕を、いつの間にかすぐ前まで近づいていた橘の両手が摑《つか》む。

「あれは人間じゃありません。アンドロイドです。先生はあれを人間扱いしすぎていると、そう言いたいんです」

「……っ」

怒りのあまり奏は声を失った。『あれ』とはなんだ。腕を摑む彼の指には、痛みを覚える程の力が籠もっていることにも苛立ちを覚え、奏は橘の手を振り払うと、彼を睨んだ。橘もまた奏を睨み返してくる。

「『あれ』とは言うな。レイチェルは確かにアンドロイドだが、俺にとっては『彼』は『彼』だ。彼のおかげで原稿も上がった。健康にもなった。ストーカーからも救われている。それを依存というのなら、依存していると思われてもかまわない。俺には彼が必要なんだ」

「……っ」

今度は橘が怒りのせいか、息を呑み、声を失っているようだった。怒っているのはこっちだ、と奏は尚《なお》も彼を睨む。

「あれはアンドロイドです。家政婦として必要としているだけならいい。でも先生はそれ以上の感情をあのアンドロイドに抱《いだ》いていますよね？」

「何を言うんだ！」

またも奏の頭にカッと血が上った。が、それは怒りというより動揺のほうが大きかった。

橘は今、自分が最も触れられたくない部分に触れようとしている。それがわかるだけに奏は思わず、橘を怒鳴りつけていた。

「もう帰れ！　君の話を聞く気はない！」

「帰りません！」

再び橘の腕が伸びてきたのを撥《は》ねのけようとする。が、橘は尚も一歩踏み出してきたかと思うと、奏にとって予想外の動きをみせた。その場で抱き締めてきたのである。

「何を……っ」

わけがわからない。頭の中が真っ白になっていた奏の耳元に、思い詰めた声音で橘が訴えかけてくる。

「好きです……」

「え？」

何を言われたのか、まるで理解ができなかった。呆然《ぼうぜん》とするあまり抵抗を忘れていた奏の背から橘の腕が解かれ、二人の身体《からだ》の間に隙間ができたと認識するより前に、その手で頬を覆われ、唇を塞がれる。

「……っ」

熱い唇の感触を得た途端、奏はほぼ、パニック状態に陥ってしまった。今まで何百回も、原稿には書いてきたキスだが、奏に経験はなかった。息遣いのおと、両頬を覆う掌《てのひら》の大きさ、そして歯列を割ろうとする舌の動き。生々しい『体験』は奏の恐怖を煽《あお》るものでしかなく、気づいたときには奏は力一杯橘の胸を押しやり、彼の腕から逃れていた。

「……先生……」

なぜか橘もまた、呆然とした顔となっていた。彼の唇が濡れて光って見える。それが己の唾液だと認識したと同時にいたたまれなさが募り、奏は真っ直ぐにドアを指差し叫んでしまっていた。

「帰れ！」

人差し指がぶるぶると震えているのが己の視界に入ってくる。指だけでなく奏の全身が震えているのに気づいたのか、橘はがっくりと両肩を落とすと、聞こえないような声で謝罪の言葉を口にした。

「…………申し訳……ありません」

深く頭を下げたあとに、一度も顔を上げることなくドアへと向かっていく。いつも颯爽《さっそう》と歩く彼とはまるで違う、のろのろとした老人のような動作を奏は見送ることができず、腕を下ろすとその場で俯き、床を見続けていた。

橘が玄関のドアを出ていく音が響いてくる。それを聞いた瞬間、奏はその場にへなへなと座り込んでしまっていた。

「蓮見さん？」

ただただ混乱していた奏を我に返らせたのは、様子を見に来たらしいレイチェルに声をかけられたときだった。

「大丈夫ですか？」

レイチェルが心配そうに問い掛け、床に座り込む奏の前に跪《ひざまず》き、手を差し伸べてくる。

「立てますか？」

「……レイチェル……っ」

あまりに近いところにレイチェルの青い瞳がある。気づいたときには奏はその瞳の美しさに引き寄せられ、彼に縋《すが》り付いてしまっていた。

「蓮見さん？」

戸惑うレイチェルの声が耳元でしたが、すぐに彼の腕は奏の背に回り、身体を支えてくれる。

「どうしました？」

「橘が……橘君が……っ」

落ち着いて、というようにとんとんと背を叩《たた》かれ、耳元で優しい声で問われる。混乱した頭の中をそのまま吐露したいと、奏は喋《しゃべ》り始めたが、続く言葉を告げることを躊躇い、口を閉ざした。

「橘様が……？」

レイチェルの手も、問う声もあまりに優しい。他人に明かすことではない。しかし一人の胸の内に留《とど》めておくにはあまりに衝撃的すぎる。葛藤はすぐに収まったが、さすがに顔を見ながら言うことはできないと、レイチェルにしがみついたまま奏は彼に打ち明け始めた。

「……橘君が……俺を好きだと言った」

「…………そう、ですか」

レイチェルのリアクションが一瞬遅れる。途端に奏は我に返ると、彼から離れようとした。が、レイチェルの腕は緩まず、抱き締められたままになる。

「ごめん、なんでもないんだ」

レイチェルから離れようと、彼の胸に手をつく。と、その感触から奏の脳裏に、橘を拒絶したときの光景が、力なく詫びる橘の姿がフラッシュバックのように蘇《よみがえ》り、思わず息を呑む。

「すみません、驚いたのですが、どこかで予測していたかもしれません」

奏を抱き締めたまま、レイチェルが考え考え喋り出す。

「……そうなのか？」

レイチェルが冷静に受け止めていることで、奏も落ち着きを取り戻した。改めて彼の腕に身を預けると、奏もまた考えながら話し出す。

「……俺は本当に驚いた。予測できたという要因は？」

「橘様は常に蓮見さんを思いやっているのが、見ていてよくわかったからです。世間一般の、担当編集の作家への気遣いを超えるのではと思うことがままありましたので」

「そうか……そうだよな……」

言われてみれば他社の編集は橘のように、奏の私生活にまで踏み込んでこようとはしない。こちらから相談をすれば聞く耳くらいは持ってくれるかもしれないが、橘のように主体的に奏の身を案じてあれこれ提案してくれることはまずなかった。

「……俺は橘君の好意は、作品のファンだからだとばかり……」

初対面のときに、ファンなのだと泣き出した彼の印象が強すぎたからだろうか。体調を気遣い、メンタルを気遣い、頼むより前にあれこれと世話を焼いてくれながら、嬉しげにしていた彼の中で、作品から自分自身に好意が移っていったと、そういうことなのだろうか。わからない、と首を横に振る奏の背からレイチェルの腕が外れ、彼がゆっくりと身体を離す。

「作品も、あなたも好きなのでしょう。あなたの近くで、あなたの幸せを守りたいとあの人は常に思っていたのではないでしょうか」

「……ああ。そう……だな」

レイチェルとの会話は、常に奏の頭の中で絡まった思考の糸を解きほぐしてくれる。おそらく彼の言うとおりなのだろう。しかし、と奏は彼を見た。レイチェルもまた奏を見返す。

「……レイチェルは……どうなんだ？」

自然と奏の口から、その言葉が零《こぼ》れ出た。

「どう、というのは……」

レイチェルの眉間に微《かす》かに縦皺《たてじわ》が寄り、見たこともない困ったような表情が彼の端整な顔に浮かぶ。

その顔を見た瞬間、奏は、はっと我に返った。レイチェルに設定された機能が頭に蘇る。レイチェル型アンドロイドには『愛している』と言わせようとするとリセットされてしまうという設定がある。『愛している』だけではなく、恋愛感情を示したり、求めたりすると、リセットするがいいかという確認を取られた上で、リセットがかかるという機能が搭載されている。

もしや今、確認を取られようとしているのか。そんな、と焦るあまり奏は、まとまらない考えのまま、誤魔化しに走ろうとした。

「違う、そうじゃない。レイチェルに相談しているんだ。橘君にはこれから、どう対応していけばいいのか、そのことについて……」

ああ、違う。これは人に相談することではない。答えはどうあろうと自分で考えることだ。

それにもしレイチェルに『橘の気持ちを受け入れてみたらどうか』などと言われたら、自分は耐えられるのか?

「ああ、ごめん。やっぱり何も言わなくていい。困らせる気はなかった。ただ……」

混乱し、縋り付いてしまっただけだ。そう言おうとした奏の前で、レイチェルが微笑み、頷く。

「……混乱された……そうですね?」

問い掛けてくる彼の表情が、奏には安堵に見える。レイチェル型アンドロイドにはクライアントの望む表情を浮かべるという機能があることは勿論、奏にもわかっていたが、それでもその表情は彼の気持ちの表れだと、思わずにはいられなかった。

6

橘からは翌日、謝罪のメールがきた。

『大変失礼な態度をとってしまい、申し訳ありませんでした』

『失礼な態度』の内容にも、彼の感情にも触れていない。奏が不快に感じると考えたのかもしれない。短い文面を眺めながら奏は返信に迷い、結局はそのままメールを閉じた。

別信で著者校正のスケジュールなどが入っていたので、それには承知したと返信する。橘は昨夜の出来事を『なかったこと』にしたがっているのだろうか。考えたところで本人に聞かないかぎりは、正解などわからないというのに、それでも奏は考えずにはいられなかった。

レイチェルの態度もまた、それまでとまったく変わらなかった。否、それまで以上に細やかな気遣いを見せてくれているように奏には感じられた。

馬鹿らしいと思っていた、レイチェル型アンドロイドが出演するドラマを、奏は配信サービスで密《ひそ》かに視聴した。安っぽいメロドラマを馬鹿にしていたはずが、気づけば見入ってしまっている自分に気づき、自己嫌悪に陥る。

なんのために視聴したのか。考えるまでもなくわかっていた。『愛している』といえば設定がリセットされる。そうなったあとのことを、想像だけでなく目《ま》の当たりにしようとしているのは、自戒のためだ。

　もしもレイチェルに『はじめまして』と微笑まれたとしたら。これまで彼との間で培ってきた関係がすべて霧消し、思い出も何もかもが『なかったこと』にされたら——想像しただけで耐えられる気がしない、と溜め息が漏れる。それだけに、NGワードには気をつけなければならない。一応は確認が取られるというが、間違ってリセットされるようなことだけは避けたいと、奏は心がけていた。

　長らく抱えていた原稿をようやく仕上げることができた解放感を、少しの間、奏は満喫するのを自分に許した。幸いなことに、スケジュールが大幅に崩れるとわかったときに、橘が他社との調整役を買って出てくれ、かなり余裕のあるスケジュールを組み直してくれたのと、加えて思いの外早く原稿があがったために、次の執筆に取りかかるまでに二ヶ月ほど間が空くという、奏にとっては実に幸せな状況となっていた。

　最初に思いついたのは、旅行に行こうかということだった。それで奏はレイチェルに、行き先について相談することにした。

「二ヶ月もあるから、海外でもいいかなと思ってる」

「海外ですと、私は同行できないので、お手伝いできるのは準備までとなりますね」

　レイチェルが申し訳なさそうに告げるのを聞き、奏はすぐさま行き先を国内に限定することを決めた。

「それなら国内を回ろう。今まで興味はあったけど行ったことがない場所が沢山あるんだ。たとえば四国とか。そうだ。取材旅行にしよう。一緒に行ってくれるよな？」

「はい。国内ならご一緒できます」

答えるレイチェルは嬉しそうに見える。自分が望むようなリアクションや表情を見せるということがわかっていても、やはりときめいてしまっている自分を持て余しながらも、

「じゃあ、計画を立てよう」

とレイチェルに告げた奏の声は弾んでいた。

四国四県を十日ほどかけて回ることにし、それぞれの県で行きたい場所やお勧めのホテル、旅館などをピックアップしていく。そういえばレイチェルは温泉に入れるのだろうか。確かめてみようと思うも、一緒に入りたいというアピールと取られるのは困ると思い、あとから性能を調べてみようと奏は密かに心を決めた。

何事をも巧みにこなすレイチェルは、旅行の計画を立てるのも完璧だった。航空券や現地でのレンタカー、それに旅館の宿泊予約もあっという間に済ませてくれる。

二人での旅行は楽しみでしかない。と、ここで奏は、レイチェルに服を買おうと思いついたのだった。

「レイチェル、買い物に行こう。服を買いたいんだ」

「旅行用に服を新調するのはいいですね」

にっこり笑って同意したレイチェルだったが、奏が、

「君の服を買いたいんだ」

と言うと、途端に戸惑った表情となった。

「私のですか？」

「ああ。二週間、同じ服というのもどうかと思うし」

「……私は気にならないのですが……」

レイチェルは迷っていたが、奏が「一緒に旅行を楽しみたい」と言うと、すぐに承知してくれた。

「わかりました。それでは行きましょう」

「変装をして行かないか？」

最近、都内ではよくレイチェル型のアンドロイドを見かけるようになったというニュースを奏は以前見たことがあった。金髪碧眼《へきがん》、そして長身は非常に目立つ。髪色を変え、目の色がわからないようにサングラスをかければそう目立たないのではないか。ついでに自分も眼鏡か何かでと考えていたのがわかったのか、レイチェルはにっこりと微笑み頷いてみせた。

「お互い、変装をしましょうか。楽しい買い物を邪魔されたくないですから」

「そうだよな」

『楽しい買い物』という言葉に、またも奏の胸はときめく。レイチェルは変装も得意だった。金髪を黒に染め、『レイチェル型アンドロイド』が身につけているかっちりした服とは違う、Tシャツにジーンズというラフな服装となる。奏もそれに合わせる形で、普段は被《かぶ》らないキャップや眼鏡で印象を変える。ぱっと見、自分とはわからないだろうと、奏は自分の『変装』姿に満足したが、レイチェルのほうは変装しても目立つだろうなと思わず苦笑した。

端整な顔や、抜群のスタイルのよさは、どれほど変装したところで隠せるものではない。それなりに注目されることは予測できたが、外出を躊躇う気持ちよりも、二人で買い物を楽しみたい欲求が勝った。

「そうだ、高級ブランドの旗艦店に行こう。他の客が写真を撮ろうとしても店員が止めてくれるだろう」

「蓮見さんの服ですよね?」

「レイチェルの服もだ」

「私はいいですよ」

こうした言い合いもなんだか楽しい。浮かれる気持ちのまま、奏はレイチェルと共に部屋を出て、地下の駐車場へと向かった。

車に乗り込もうとしたとき、レイチェルが周囲を窺《うかが》う動きをしたことが気になり、奏は彼に問いかけた。

「どうした？」

「いえ……気のせいだったようです」

レイチェルの視線が奏へと移り、微笑み返してくる。

「誰かいたのか？」

「いえ、大丈夫なようです。第一、地下駐車場に入り込むことは不可能でしょう」

すみませんでした、とレイチェルは申し訳なさそうに詫びると、奏を助手席に乗せ車を発進させた。

「ちょうど住人が車を降りようとしていたようです。大変失礼しました」

路上に出てからレイチェルは改めてそう、詫びてきた。

「いいんだ。用心に越したことはないし」

ストーカーのようにつきまとっていたもと家政婦はもう近寄ることはできなくなっているはずだが、引っ越したわけではないので住居は知られてしまっている。そうだ、この休みの間に引っ越しをするというのもありだなと、奏は早速それをレイチェルに相談することにした。

「引っ越しですか。いいですね。セキュリティのしっかりしたところを探しましょう。住んでみたい場所はありますか？」

レイチェルも乗り気になっていることで、奏の気持ちが上がっていく。

「そうだな。今まで都心に住んでいたけど、別に都心である必要はないんだよな……」

セキュリティを考えればマンションのほうが好ましいだろうが、いっそ都心を離れてみるのはどうだろう。たとえば海の近くとか、緑溢《あふ》れる高原とか。なんとなく都心は便利だし、出版社には近いしと、深く考えることなく都心を選んでいたが、原稿はメールで送ることができるし、打ち合わせもネットを使えば顔を見ながらできる上、電話ですませてもいい。何よりこれからは『一人暮らし』ではない。レイチェルが一緒なのだ。彼と二人、見知らぬ土地で新しい生活を始めることを想像するだけで奏の胸は躍った。

「いっそ軽井沢とかどうだろう。これから夏だし、別荘を借りるとか」

「別荘ですか……セキュリティが少々心配ですが、夏の間は避暑地で過ごすというのは気分転換にもなっていいかもしれませんね」

レイチェルの賛同を得て、俄然《がぜん》別荘に興味が湧いてきたと拳を握り締めた奏の顔には満面の笑みが浮かんでいた。

家と同じく、賃貸を考えていたが、いっそ購入してもいいかもしれない。だが管理が大変か。管理人を雇うとか？　自分の持ち家となれば内装も自由に変えられるし、それに行きたいときにいつでも行ける。都会の喧噪《けんそう》を離れ、白樺《しらかば》の林をレイチェルと二人して散歩する。そんな己の姿を思い浮かべると、是非とも実現させたくなってくる。

「帰ったら軽井沢の別荘について調べよう」

「わかりました。今ざっと検索してみたのですが、もと文豪の別荘もあるみたいですよ。旅行から帰ったら見にいってみましょうか」

「文豪！　いいね」

レイチェルとの会話は常に奏を楽しませてくれる。興味のある話題しか振ってこないし、意に沿わない返しもしない。橘に言わせればＡＩの学習能力が凄いのだということだろうが、本当に学習能力だけなのかと、奏は思わずにはいられなかった。

「………」

ふと橘の名と彼の顔が頭に浮かんだと同時に、抱き締められ、唇を塞がれた感触が蘇る。

『好きです……』

耳元で囁《ささや》かれた告白。彼はいつから自分のことをそういう目で見ていたのだろう。作品が好きだということは感じられたが、自分に対してそんな感情を抱いているとは、想像したこともなかった。

いつからなのだろう。そもそも彼はゲイなのだろうか。そして自分をゲイだと見抜いていたのか。献身的な態度は、作品のファンだから、そして、いわば取引先である作家だからだとばかり思っていた。担当編集のすることの範疇《はんちゅう》を超えているとはわかっていたが、その動機が恋愛感情にあったとは、少しも気づいていなかった。

「……さん？」

レイチェルが呼びかけていることに、最初、奏は気づかなかった。が、彼の声がしなくなったことで、はっとし、運転席のレイチェルを見る。

「悪い。何か言ったか？」

「いえ。そろそろ到着しますとお知らせしようかと思ったところでした。考え事をなさっていることに気づかず、申し訳なかったです」

「謝る必要なんてない。悪かった。ぼんやりしてしまって」

「蓮見さんこそ、謝る必要はないですよ」

レイチェルが可笑《おか》しそうに笑う。笑顔がまばゆいと見惚《みと》れてしまいながらも、そのとき奏の頭には、細い声で謝罪をしていた橘の頭を下げた姿が浮かんでいた。


レイチェルのための服を数着購入し、ついでに旅行に着ていく自分の服も購入した奏は、満足して帰路に就いた。狙ったとおり、高級ブランドの旗艦店には客はそういなかったのと、レイチェルが試着の必要がないと言ったため買い物は思った以上に短時間ですませることができたのだが、帰りの車の中で彼はその理由を奏に説明してくれた。

「服を見ただけで、自分が装着したときのイメージがわかるんです」

「凄いな」

感心した奏にレイチェルが苦笑する。

「機能の一つですよ」

「俺もそんな特技がほしいよ」

レイチェルは時折こうして、自分がアンドロイドであることをさりげなく主張する。そのたびに奏は気づかぬふりをしているのだが、レイチェルの意図はわかるようで実際、わかっていなかった。しかし理由を問うのも躊躇われ、そのまま流す。レイチェルはそんな奏の態度に関しては何も言うことなく、違う話を振るというのが、二人の間で通例となっていた。

夕食は外で食べてもいいかと思っていたが、やはり人目が気になったために家でとることにした。旅行先ではきっと東京ほど注目を集めないのではないかと期待しつつ帰宅した奏だったが、夕食ができるのを待っている間にかかってきた橘からの電話に、彼の機嫌は一気に下降することになったのだった。

スマートフォンにかけてきたのが橘とわかったとき、奏は一瞬、出るのを躊躇った。何を話せばいいのか、どういう態度を取ったらいいのかがわからなかったからだが、すぐに、橘もそうであろうし、それなのに電話をかけてきたということは仕事で何かトラブルでもあったのではないかと思い直し、応答したのだった。

「もしもし」

『先生、今、よろしいですか？』

橘の声に緊張が滲んでいるのがわかる。彼もまたかけづらかったのだろうと改めて認識しつつ、奏は「大丈夫だ」と返事をし、用件を問うた。

『レイチェルの管理会社から連絡があったのですが、明日から四国に行かれるというのは本当ですか？』

「え？」

てっきり仕事の話かと思っていたのだが、またいつものようにレイチェルに関する文句か。むっとするあまり奏はつい、苛立った声で返していた。

「なぜ君のところに連絡が行くんだ」

レイチェルの仮契約は奏本人ではなく、橘が出版社名義で行っていた。が、本契約を締結するときには奏名義にしたはずだ。自分以外の緊急連絡先に橘の携帯番号を記入した記憶はあるが、だからといっていわばプライベートの旅行について文句を言われる筋合いはないと、奏は言葉を続けようとした。が、それより前に橘が喋り出す。

『以前、レイチェルについて管理会社に問い合わせをしていたからです。勝手に申し訳ありません』

「問い合わせって何を」

ますます苛立ちが募り、自分でも声にそれが表れているのがわかる。それでも橘は怯《ひる》むことなく、話を続けた。

『……先生からレイチェルについて、実は感情があるのではないかと聞かれたときに、まさかと思いながらも一応、製造元に確認を取ったんです。それでメーカーがログなどを調べた結果、同じレイチェル型のアンドロイドとは若干違う言動をしていることがわかり、詳細を調べてくれていたんです』

「……それで？」

話を聞くうちに、奏の鼓動が高鳴っていく。やはりレイチェルには感情があったと、そういうことではないのか。そうとしか思えなかったのだ。期待に胸が膨らむあまり、問い掛ける声が上擦っているのが自分でもわかり、気恥ずかしさから咳払《せきばら》いで誤魔化そうとする。

電話の向こうで橘がごくりと唾を飲み込む音が耳に響く。言い淀《よど》んでいるのだろうか。やはり感情があったとは言いたくないから？　沈黙の理由をいいように解釈し、更に期待が高まる。本来であれば、橘がこうしてわざわざ電話をしてきたのには理由があってのことだと、察していいはずだった。好きだと告白をし、キスをした。そんな橘に対し、彼の気持ちを受け入れたといったリアクションを奏はとっていなかった。驚愕《きょうがく》が主な理由ではあったが、彼の胸を押しやったのは立派な『拒絶』である。それを受け、家を辞したのはまだ昨夜のことだ。さぞ電話がかけづらかったことだろうに、と、そんな思考がまるで働いていなかったことに奏は、いやでも気づかされることとなった。

『バグだそうです。先生のところに派遣されたレイチェルには、バグが生じている可能性が高いと』

「……バグ……？」

なぜ『感情がある』という解釈では駄目なのだ。無理やり機械扱いをしているとしか思えず、奏は怒りを覚えた。

『はい。ログを見る限りバグの可能性が高いそうです。本体を調べたいので至急返送してほしいとのことでした』

「結構だ。別に不自由は感じていないし、それに我々は明日から一緒に旅行する予定なんだ」

『ですから旅行はマズいんです……諦めていただくことになるかと』

「何がマズいんだ」

文句を言われる筋合いはないはずだと、声に怒りが滲む。理不尽なことを言われているとしか思えなかった奏だが、橘の答えを聞き、何も言えなくなってしまった。

『バグがあるということは、いつ故障するかわからないということです。東京にいればすぐに対応できますが、旅先では対応が遅れます。宿にいるときならまだいいですが、外を歩いているときに急に電源が落ちてしまったらどうします？　車の運転中に故障でもしたら、事故に繋《つな》がります』

「……そんなことは……」

ない、と言い切ることが、奏にはできなかった。レイチェルには感情があると信じているが、だからといって彼が人間だとはさすがに思っていなかった。

アンドロイドは機械だ。故障する可能性もあるだろう。橘の言うとおり、街中で不意に動かなくなったりしたら、動揺することなく対応ができるだろうか。子供ではないので、管理会社に連絡を取ることはできるが、結果、バグ解消のためとリセットをされてしまったら、と想像するだけで恐ろしくなった。黙り込んだ奏の耳に、遠慮深く話しかけてくる橘の声が響く。

『先生、よければこれからレイチェルを回収に伺いますが』

「いや、いい。旅行はやめるから。東京にいれば特に問題はないだろう？」

反射的に奏はそう言い返してしまっていた。

『えっ？』

奏の答えが意外だったのか、橘が驚いた声を上げる。

「レイチェルに故障の兆候はないから、暫《しばら》く様子を見ることにする。車の運転もさせないし、常に気にかけておく。それでいいだろう？」

『いや、しかし、それでは執筆の妨げになりませんか？』

橘の指摘はもっともだった。レイチェルの動きを常にチェックするとなると、いつパソコンに向かうのかという話になる。わかってはいるが、奏は「大丈夫だ」と答えずにはいられなかった。

「休みたいと思ったから旅行を計画したんだ。暫く家でのんびり過ごすよ」

『旅行をやめさせたいわけではないんです。レイチェルをメンテナンスに出して、お一人で行かれるというのはどうですか？』

橘の提案が真っ当なものだということは奏にもわかっていた。レイチェルを置いて一人で旅行するなど意味がない。それが彼の本心だったが、それを言えばまた、レイチェルに思い入れを持ちすぎるのではと指摘されると軽く予測がついたため、奏はその言葉は避け、橘の言葉を退けた。

「一人で行っても時間を持て余しそうだし、やめておくよ」

『それなら……』

橘がここで言葉を途切れさせる。僕がご一緒します、と言おうとしているのではと、奏は察した。もしもあの出来事がなかったとしたら、彼はそう言ってきたに違いない。

『あ……いえ、すみません。わかりました』

結局、橘は誤魔化すようなことを言い、話を終わらせようとした。

『そうですね。お一人だと万一、つきまといにでも遭った場合は対処に困るでしょうし』

「もうストーカーはいないと思いたいよ」

レイチェルとの写真を撮ったもと家政婦も、警察から厳重注意を受けたとのことなので、今後つきまとうことはないだろう。ストーカー行為はもう沢山だと、奏は溜め息を漏らしていた。

『やはりそのマンションは引っ越したほうがいい気がします。よければ物件の候補をお送りしますが』

橘は今や、普段の調子を取り戻していた。有能ゆえ頼れる担当編集。あまりに自然にあれこれやってくれるので、それらが担当編集としての仕事からは逸脱しているということに気づくことはなかった。

引っ越しか——レイチェルと別荘で過ごす計画は、だが、実現が難しくなった、と、奏はまたも溜め息を漏らした。

『先生？』

「なんでもない。新居はちょっと探してみるよ。ありがとう」

まずは気持ちを落ち着けたかった。そして今後について考えたかった。それで電話を切ろうとしたのだが、橘は尚も話を続けようとした。

『先生、旅行にはよければ僕が同行しましょうか』

「……いや、それは……」

言わないと思っていた言葉を告げられ、奏は戸惑いを覚えた。

『先生がお嫌でなければですが……。担当編集として同行させていただければと思ったんです。今までのような関係を続けていけたらと』

「……今までって……」

『先生にとって、快適ではなかったですか？　僕は執筆のお役に立ててはいませんでしたか？』

橘の口調は穏やかだった。が、彼の思いが乗った言葉は、淡々とした物言いに反し、切々とした響きを奏の耳に届けていた。

『今までと同じように接していただくことは難しいでしょうか。僕はそうしたいと……心からそうしたいと願っているのですが』

奏は答えに迷った。橘はおそらく、本心を言っているのだろう。しかしそれを受け入れていいものか。

「……ありがとう。でも旅行はやめておくよ。取材というわけでもなかったし」

拒絶するわけではないということを強調するため礼を言ってから、奏は彼の申し出を断った。一瞬の沈黙の後、橘が敢えて作ったと思われる明るい声音で喋り出す。

『すみません、余計なことを言いまして。またゲラが出たタイミングでご連絡しますね』

「ああ、ありがとう。それじゃあ」

仕事に話題を戻してから、電話を切ろうとしたことがわかったので、奏はそれに乗らせてもらった。

通話を終えてから奏は、暫《しば》し放心していた。

「蓮見さん？」

声をかけられ、はっと我に返る。キッチンで料理を作っていたレイチェルは、通話中は遠慮してダイニングに入ってこなかったようであるが、自分の声は届いていたのではないかと、奏はレイチェルを見た。

「仕度ができたのですが、運んでもいいですか？」

レイチェルがにっこりと微笑み、問い掛けてくる。敢えて電話の内容には触れないつもりなのか。それが彼の気遣いかと奏はレイチェルを見つめる。レイチェルは重ねて問うことはせずに、奏を真っ直ぐに見つめ返してきた。

彼に感情は――やはりあるのではないかと思う。しかし製造会社や橘はそれを『バグ』と呼び、調べると言っている。もしその『バグ』を修正した場合、レイチェルは感情を持たなくなるのではないか。それが怖い。自然と首を横に振ってしまっていた奏を見つめるレイチェルの顔に心配そうな表情が浮かぶ。

「……どうしました？　蓮見さん」

「いや……旅行が中止になった。キャンセルをしないと」

電話は聞こえていたに違いない。レイチェルの聴力は人間とは比べものにならないのだから、とわかってはいたが、どうしても奏はレイチェル本人に『バグ』のことを話す気にはなれなかった。

「わかりました。キャンセル手続きは私がしますので」

レイチェルは淡々とした口調でそう告げたあと、美しい眉根を寄せ、ぽつりとこう呟いた。

「残念ですね」

「レイチェル」

蓮見が思わず名を呼んでしまったのは、やはりレイチェルには感情があると確信したためだった。

「はい」

「……いや……うん、本当に残念だ。申し訳ない」

しかしレイチェル本人にはやはり、『感情はあるよな?』と確かめることは躊躇われ、自分もまた旅行を残念に思っていることと、中止せざるを得なくなったことへの謝罪を告げた。

「謝っていただく必要はありませんよ」

謝罪を受け、レイチェルが苦笑めいた笑みを浮かべつつ首を横に振る。やはり電話を聞いていたのだろう。奏が確信したのは続くレイチェルの言葉を聞いたときだった。

「謝るのは私のほうですし」

「レイチェルこそ謝る必要はないから」

即座に言い返した奏を前に、レイチェルは少し驚いたように目を見開いた。

「勢いがよすぎたかな」

そしてきっぱりしすぎていたかもしれない。彼の驚愕を前に羞恥を覚え、頭をかいた奏を見て、レイチェルがくすりと笑う。

「あ、すみません。嬉しかったものでつい……」

笑ったことを詫びたレイチェルの顔には、彼の言葉どおり嬉しげな笑みが浮かんでいた。

この笑みは自分の願望か。いや、違う。レイチェル自身の感情だ。確信したと同時に胸が詰まり、言葉が出なくなる。

彼を失いたくない。自分の最大の理解者であり、かつ、誰より自分を想ってくれるレイチェルという存在は、今や奏にとってはなくてはならないものである。改めてそれを認識し、頷く奏に、レイチェルが笑顔で声をかけてきた。

「食事にしましょう。そのあと、映画鑑賞でもしましょうか。早起きしなくてよくなりましたしね」

「ああ。そうしよう。せっかくサブスクリプションのサービスに加入しているのに、全然活用できてないからな」

何を観よう、と会話が続いていく。願わくばこの幸せな時間が永遠に続いてくれればいい。楽しげに話すレイチェルを前に、奏はそう願わずにはいられないでいた。

7

結局その夜、奏はレイチェルと共に連作の映画を鑑賞し、夜を明かした。

三本目の途中で奏はうとうとしてきてしまっていた。

「そろそろ寝ますか？」

眠そうにしていたのに気づかれたらしく、ソファの隣に座るレイチェルが問うてくる。

「まだ寝ない」

答える声が自分でも甘えているのがわかる。ワインを飲みながら観ているせいもあるかもしれない。感情が素面《しらふ》のとき以上にだだ漏れになっている気がする。うつらうつらしながらそんなことをぼんやりと考え、画面への意識が薄れていく。

「蓮見さん」

耳元でレイチェルの声がし、うっすらと目を開いた瞬間、奏の目にレイチェルの美しい顔が、大写しといってもいいほどの近さで飛び込んできたことに驚き、思わず息を呑む。

どうやら奏はレイチェルにもたれかかったまま、眠ってしまっていたようだった。気づいたレイチェルが揺り起こしてくれたが、顔を覗《のぞ》き込まれた状態であったため、ごくごく近い

ところに彼の端整な顔があったというわけである。

キスするような近さだ。自覚したと同時に奏は慌てて彼から離れ、距離を取った。鼓動が高鳴っているのがわかる。心臓の音をレイチェルの耳が拾わないといい。そう願いながら奏は、

「そろそろ寝ようかな」

とレイチェルに笑いかけたのだが、我ながらその笑みは引き攣《つ》ったものになってしまったと、密かに唇を噛《か》んだ。

「そうですね。ここで寝ると風邪を引くかもしれませんから」

片付けておきますね、というレイチェルに送られ、奏は寝室に向かった。

ベッドに座り、大きく息を吐く。と、ドアがノックされ、はっとして顔を上げると、ミネラルウォーターのペットボトルを手にレイチェルが入ってくる姿を見出《みいだ》した。

「水、飲まれませんか？」

「ありがとう。飲みたかった」

礼を言い、レイチェルからペットボトルを受け取る。指先同士が触れ合ったのを感じ、ドキ、と鼓動が高鳴るのを自覚し、奏はつい目を伏せた。

「気分は？　大丈夫ですか？」

俯いたことを案じてくれたらしいレイチェルが心配そうに問うてくる。

「大丈夫。眠いんだ」

嘘《うそ》だと見抜かれるのではないか。そう案じながらも奏は、作った笑顔をレイチェルに向けた。

「それではおやすみなさい」

レイチェルもまた笑顔で挨拶を返してくる。彼の表情からは、奏を案じる気持ちが感じられた。が、おそらく見抜かれてはいない。

よかった、と安堵すると同時に奏は、そんなレイチェルの反応はまさに自分の望んだものなのかもしれないと、今更考える。

果たしてそうなのか。確かに自分はそうあってほしいと願った。気づかれたくなかったから。この気持ちに——この、気持ち？

「……違うから」

言葉で否定しないと、感情に飲み込まれてしまいそうだった。しかしそうと気づいた時点で、もう自分の気持ちに嘘はつけなくなっていた。

好きなのだ。レイチェルが。この『好き』は人として好きという感情ではない。人ではなくアンドロイドだから、という理由では勿論ない。レイチェルを好きな気持ちは、肉欲を伴うものだ。

触れた指先の感覚。あまりに近いところから見つめる澄んだ湖面を思わせる青い瞳。長い睫《まつげ》。優しい声音。

「…………レイチェル…………」

ペットボトルを持ったまま、ごろりとベッドに横たわり、枕に顔を埋《うず》めながら彼の名を呼ぶ。間違っても彼が部屋を訪ねてくることがないように。決して聞こえないようにと心がけ、もう一度、呼びかけてみる。

「……レイチェル……」

まだ明かりはついたままだった。目を閉じ、自ら創り出した暗闇の中に、レイチェルの幻の姿が浮かぶ。

『蓮見さん』

呼び名を決めるとき、なぜ名字にしてしまったのだろう。『奏』と呼んでもらえばよかった。今からでも呼んでもらおうか。しかし、なぜと問われたりしないだろうか。

いや——問わないだろう。自分が望まない限りは。自嘲する奏の想像の中で、レイチェルが微笑み、呼びかけてくる。

『奏』

「……っ」

ああ、と抑えた溜め息が、奏の唇から零れる。奏の手は首筋からシャツのボタンへと向かい、一つ、また一つと外していく。ペットボトルを握っていたせいで冷たさを帯びた指先で中で重なる。

肌に触れると、びく、と奏の身体は震えた。己の指とレイチェルの熱を持たない指先が奏の

『奏……』

レイチェルの声が耳元で聞こえる。彼の息遣いが。ほんのりと赤らんだ白皙《はくせき》の頬が。震える長い睫が、手の届くところにある。

レイチェルの指が奏の胸を弄《まさぐ》る。乳首を摘《つ》まむと電流のような刺激が背筋を走り、唇からは喘《あえ》ぎが漏れてしまった。

冷たい指先が胸から腹へと滑り、スラックスのボタンを外してファスナーを下ろす。下着の中に手を入れ、勃《た》ちかけていた雄を握ると一気に扱《しご》き上げる。

「あぁ……っ」

奏は滅多に自慰をしない。性的には淡白であると自分でも思っていたが、今、はっきりと彼は性欲を感じていた。

レイチェルに触れてほしい。乳首を、ペニスを、弄《いじ》ってほしい。共に絶頂を極めたい。彼の身体を自分の腕で抱き締めたい。そして抱き締められたい。そして——。

『奏、愛してる』

愛の言葉を囁いてほしい。幻の声が頭の中で響き、ますます奏の欲情を煽っていく。

「レイチェル……っ……あぁ……っ……レイチェル……っ」

好きだ。好きだ。好きだ。愛している。

勃ち上がった雄の先端から透明な液が滴り、奏の指を濡らす。おかげで奏が雄を扱き上げるたび、にちゃにちゃという濡れた淫猥《いんわい》な音が彼の耳に響いてきて、更に奏を昂めていった。

「あ……っ……あぁ……っ……あっ……あっ……あっ……」

喘ぎが自然と大きくなる。レイチェルに聞こえることがないようにという配慮を、今や奏は忘れていた。

「もう……っ……あぁ……っ……もう……っ」

雄を扱きながら、もう片方の手で乳首を弄る。久し振りの自慰はあっという間に奏を絶頂へと導き、次の瞬間には奏は達し、大きく背を仰《の》け反《ぞ》らせ、雄の先端から白濁した液を放っていた。

「……あぁ……」

乱れていた息がやがて収まってくる。同時に冷静さも戻ってきたおかげで、奏はそのまま頭を抱えてしまっていた。

何をしているのだ、自分は。レイチェルを想像しながら自慰をするなんて。彼を汚してしまったことが申し訳ない。奏の胸には今、罪悪感が溢れていた。

のろのろと起き上がり服装を整える。枕元のティッシュで指先を拭ううちにまたも溜め息が込み上げてきて、やりきれない気持ちが募る。

シャワーを浴びようか。しかし部屋の外に出て万一、レイチェルと顔を合わせでもしたら、どんな表情をしたらいいのかわからない。不審な動きをしたら彼に見抜かれるのではないか。AＩにそんな機能がついているかはわからないが、レイチェルは驚くくらい奏の心を読む。機能、という言葉から、奏の記憶が呼び覚まされる。そうだ。レイチェル型にはオプション品があった。セクサロイドとしても利用できるようになるという。

抱くことも抱かれることもできるのか——考えかけ、奏は自己嫌悪に陥った。望むのか、それを。望んでいることをレイチェルが知ればどう思うことか。軽蔑されるのではないか。そういう目で見ていたのかと、がっかりされるのでは。

何より——。

『奏、愛してる』

彼にとってのNGワードだ。その言葉を告げさせようとすれば、レイチェルは初期化されてしまう。それがわかっていてなぜ、自分はあんな妄想をしたのだろう。わかっているからこそ、だったのだろうか。

決してかなうことのない願望だからこそ、夢見たのだろう。実際、彼の手が奏に伸びることはない。もしオプション品を買えば、物理的には可能になるが、そこにレイチェルの気持ちが入ることはないのだ。

レイチェルと同じ型のアンドロイドを、セクサロイドとして使っているクライアントは、どういう心理状態なのだろう。使うのは女性か。それとも男性か。ただの性欲処理として使っている――そういうことになる。だって好意を持っていることを示せば、レイチェル型アンドロイドはリセットされる。もしかしたら敢えてレイチェルに『愛している』と言わせ、リセットを繰り返している可能性もある。アンドロイドに過分な思い入れを人間が持つことを制御するための機能だが、リセットされてもいいと思うような人間であれば、そのときの気持ちを盛り上げるためにそのくらいのことはするのかもしれない。

でも自分は――。

冷静になれ、というもう一人の自分の声が、奏の頭の中で響く。

自分こそが『アンドロイドに過分な思い入れを持ってしまっている』人間ということではないのか。最初、それを橘から聞いたときは、そんな人間がいるのかと信じがたく思ったものだった。しかし実際、レイチェルが目の前に現れ、共に生活するようになって奏は意識を変えた。

レイチェルには感情がある。機械ではない。となると特別な感情が芽生えても仕方がない――否、芽生えて当然だと思えるようになった。果たしてそれは『バグ』なのか。奏としては、バグのはずがないと考えてしまう。

そもそもいくらＡＩが人間以上の能力があるとしても、人の気持ちをああも正確に読むことができるものだろうか。そしてああも人の気持ちに寄り添えるものだろうか。感情があるからこそ、それができると考えたほうがよほど説明がつく気がする。一人頷く奏の脳裏に、『本物の』レイチェルの姿が蘇る。

『蓮見さん』

笑顔で常に自分のことを思いやってくれている。それがAIでできることなのか。もしもできるのであれば——否、できるからこそ、必要以上に思い入れを持たないような保険がかけられているのか。『愛している』と言わせるとリセットされるという設定が。

特別なことは何もないということなのだろうか。がっくりと奏の肩が落ちる。レイチェルを想像しながら自慰をしたことが、奏の思考を酷《ひど》く後ろ向きにしていた。罪悪感ゆえである。

なぜ、感情が爆発したのか。レイチェルにバグがあると聞かされたからだ、と、橘のせいにしていることに気づいて、ますます自己嫌悪に陥る。すっかり目は冴《さ》えているが、眠ることにしよう。本当はシャワーを浴びたいが、明日にしようと溜め息をつき、ベッドの上に放置していたペットボトルを取り上げた。キャップを開けて水を飲む。

『奏、愛してる』

本人の口からは決して語られることのない言葉を告げるレイチェルの幻が頭に浮かびそうになるのを必死でかき消し、眠りにつこうと試みる。しかしいくら目を閉じても少しも睡魔は訪れることなく、その夜、奏は眠れぬ夜を過ごしたのだった。

翌日になっても、奏はレイチェルの顔を真っ直ぐに見ることができなかった。レイチェルは少し気にした様子だったが、向こうから問い掛けてくることはなかった。

気鬱だと思われているのか、明るい話題を仕掛けてきたり、朝食メニューは奏の特に好きなフレンチトーストにしてくれたりした。気を遣ってもらっていることは痛いほどに伝わってくるが、それだけに昨夜、彼を想像しながら自慰をしたことへの罪悪感が募り、奏はレイチェルを避けるために仕事を理由に書斎に籠もった。

次の作品のプロットを作るという自分の言葉は嘘ではない。しかし今、どうしてもやらねばならないことでもない。部屋の中でパソコンを前にぼんやりとただ、時間を過ごす。レイチェルはそんな奏のために、いつものように飲みたいと思うタイミングでコーヒーを淹《い》れてくれ、昼食もまた、奏の好物を用意してくれた。

昼食後も奏は部屋に籠もったのだが、橘からゲラを届けたいという連絡が三時過ぎに入った。

『これからお持ちしてもいいでしょうか』

レイチェルとの間だけでなく、橘とも未だにぎくしゃくしたままだった。しかし橘も何事もなかったかのように気を遣ってくれている。それがまた、心苦しい、と奏は橘の申し出を断ることにした。

「郵送でいいよ。締切は明日というわけじゃないんだろう?」

『ええ。二週間は時間がとれます。ですが……』

「君も他の先生のことで忙しいと思うし、大丈夫だよ。ありがとう。明日着にしてくれればいいから。旅行は取りやめているし、安心してほしい」

必要以上に饒舌《じょうぜつ》になっているのが自分でもわかる。橘に何も言わせまいとしたためだった。彼に対する気遣いもあるが、同時に橘にレイチェルへの想いを気づかれたくないという気持ちもあった。前にも指摘されていたし、何よりバグの修正を嫌がっている。そんなことはあり得ないと頭ではわかっているものの、自慰をしたことまで見抜かれそうで、それで奏は橘を避けたのだった。

奏が『郵送でいい』と言えば、橘はそうするしかない。橘は、

『わかりました』

と力なく答えると、明日着の宅配便で送ると告げ、電話を切った。

通話を終えた途端、深い溜め息が奏の口から漏れる。橘の気遣いを自分が無下にしているとはわかるが、やはり今までどおりに付き合うことはできない。いくら、それでいい、そうしてほしいと橘から言われているにしても、はい、そうですかと受け入れることはさすがに奏にはできなかった。

担当替えを申し出るべきではないか。タイミング的に、橘が他の大御所作家の担当となった今はちょうどいいといえる。橘と二人して作品を作り上げていくことは、奏にとっても心地よかったし、達成感も半端なかった。橘を失うことは相当の痛手である。しかし、それゆえ、今の関係を継続することには、橘を利用するようで、抵抗を覚えてしまう。

利用するのでもいいと本人が言うに違いないことが殊更、奏の罪悪感を誘う。思えば今まで彼の好意に気づかないでいたことも申し訳なかった、と奏は改めて自分の鈍感さに腹を立てていた。

橘の言動はどう考えても、担当編集の仕事の域を超えていた。自分の作品のファンだから、顔を合わせたとき泣き出すほどのファンだから、特別な態度を取ってくれるのだとばかり思っていた。まさか恋愛感情を持たれているとは、まったく気づいていなかった。

橘は自分がゲイであることには、気づいているのだろうか。気づいていたとしてもまったく態度に出さないのは、気づかれたくないと願っているのを察してくれていたからか。

そうだ。レイチェル同様、橘もまた、自分の気持ちを察してくれていた。レイチェルのようにＡＩで学ぶわけではない。そのかわり会話をする。話したことはＡＩばりの記憶力ですべて覚えている。それもまた凄い、と感心したあと、努力の賜《たまもの》かと察し、なんともいえない気持ちになる。

努力の理由が、担当作家だからというだけではなく、恋愛感情ゆえとわかるからで、そのことにまったく気づかず受け入れていたかと思うと申し訳なさが募る。

どういう気持ちで橘は自分と過ごしていたのだろう。レイチェルのことがなかったら、彼の感情が爆発することはなかったのか。何も明かさず、ずっと自分の傍《そば》にいるつもりだったのだろうか。

彼はそれでよかったのか。何も求めていなかったのか。ぼんやりとそんなことを考えていた奏は、自分はどうなのだろうと、ふと己を振り返った。

レイチェルへの気持ちに気づいてしまった今となっては、それを隠し通すことができるだろうか。するしかない。好きだと伝えれば初期化されてしまうのだから。

だが隠し通すことに自分は耐えられるのだろうか。

「………………」

わからないな。想像もできない、と奏は首を横に振った。プロットを考える気力はもとより萎えている。何か気分転換を、とは思うのだが、何も思いつかなかった
夕食後もまた書斎に籠もろうとしたのだが、レイチェルが散歩に誘ってきた。

「気分転換しませんか？」

「あ……うん」

どうしよう。迷ったが、断るには理由が必要だった。ちょっと考えれば、疲れているとか忙しいとか、いくらでも理由は捏造《ねつぞう》できたが、明らかな嘘をつきたくないという気持ちが先

に立ち、奏はレイチェルの誘いに乗ることにした。

「今までとは違うルートにしましょうか」

「そうだな」

夜の公園は人気《ひとけ》がないので散歩には好ましかったが、写真を撮られて以降、奏が出没する可能性がある場所ということで、ファンの間で『聖地』扱いになってしまっているという話題を、以前、奏もネットで見た。引っ越しは本当に考えたほうがいいだろうなと、改めて思いながら奏は、一応レイチェルと共に帽子と眼鏡で変装をし、部屋を出た。

「街中を歩いてみましょうか。そして夜遅くまで営業しているラーメン店に行く」

「ラーメン！　夕食を食べたばかりなのに」

「お腹《なか》が空くまで歩くんですよ」

「何時間歩かせるつもりなんだよ」

朝からなんとなくぎくしゃくしていた二人の間に、普段の会話が戻ってくる。彼との時間は心地よい。やはり彼への恋心は封印し、ずっと共に過ごす道を選ぶことにしようと、奏は密かに決意を固めた。

バグの件は気になったが、本格的に故障してから対応すればいいだろう。買い物もこれからは一緒に行くことにしよう。車の運転は自分がすればいい。何も問題ないはずだ。

執筆と執筆の合間である今だからそうしたことができると思うのかもしれない。切羽詰まってきたら、買い物ももしかしたら負担になるとは思うが、それでもレイチェルを失うよりはマシだ。

『レイチェルを失う』自分の思考だというのに、ドキリといやな感じで奏の心臓は脈打った。

「蓮見さん？」

不意に黙り込んだからだろう。レイチェルが心配そうに顔を覗き込んでくる。二人はちょうどエントランスを出て、マンションの外に出たところだった。

「ああ、悪い。なんでもない。どっちに向かおうか？」

せっかくレイチェルと散歩に出るのだ。楽しい時間を過ごすのに、余計なことを考えるのはよそう。気力でそれまでの思考を頭から追い出し、奏はレイチェルに笑顔を向けた。

と、そのとき、物陰から小柄な人物が駆け出してきて二人の前に立つ。

男か女か、最初わからなかったのは、キャップと顔を覆うマスクのせいだった。黒いコートに黒いジーンズと黒ずくめの服装からして怪しいと思う間もなく、その人物がだぶっとしたコートのポケットから何かを取り出し叫ぶ。

「どうして……っ……どうしてよう……っ」

女だ、とわかったときには、その人物が手にしたガラス瓶の蓋を開け、奏に向かって投げつけてきた。

何が起こっているのか、奏は未《ま》だ認識できていなかった。目の前の女性が誰ともわからない。だが確実に身の危険を覚えるものの、足が竦《すく》んでしまい、その場に立ち尽くす。

と、不意に彼の前にレイチェルの広い背中が現れ、視界から女が消えた。次の瞬間、女の投げた瓶が路上に落ちると同時に、嗅いだことのないいやな臭いが周囲に充満した。

「あ……あ……」

何が起こっているのか、奏にはわからなかった。女がへなへなとその場に座り込むのが、前に立っているレイチェルの身体ごしに見える。

「大丈夫ですか」

振り返ったレイチェルを見て奏は息を呑んだ。彼の顔の皮膚が右半分焼けただれ、金属のような中身が見えてしまっている。

「レイチェル！」

痛ましいその姿に奏は思わず彼の名を呼び、手を伸ばした。が、レイチェルは一歩下がると首を横に振る。

「いけません。おそらく硫酸でしょう。あなたにかからなくてよかった。警備システムを作動させたのですぐに警察が来ます。あなたは部屋に戻ってください。その間、私が」

言いながらレイチェルが、呆然と座り込む女を振り返る。

「彼女を捕縛しておきます。さあ、早く部屋に戻ってください」

言葉どおり、レイチェルが女を押さえ込む。

「やめてよ！　離してよ！　人間でもないくせに、どうしてあんたが先生の傍にいられるのよ！」

レイチェルに腕を締め上げられ、女が喚《わめ》き出す。もしや彼女は、と、ようやく奏は自分に硫酸をかけようとした女性が、ストーカー化したもと家政婦だと気づいたのだった。

「さあ、蓮見さん、早く中に。騒ぎになります」

レイチェルは女の言葉に耳も貸さず、奏に再度訴えかけてくる。彼の言うとおり、マンションの住人や通行人が、集まってきつつあった。が、奏はその場を動けなかった。

「蓮見さん！」

「俺は大丈夫だ。レイチェルこそ、大丈夫なのか」

見た目は少しも『大丈夫』ではない。しかし奏が気にしたのは見た目ではなく中身だった。硫酸は金属を腐食させるのではないか。早く洗い流さないと、取り返しのつかないことになるのでは。水で洗っても駄目なんだろうか。どうしたらいいのか。心配で心配で胸が潰れそうになっている。

「レイチェル！」

「私は大丈夫です。早く中に……っ」

レイチェルが叫んだとき、遠くパトカーのサイレン音が響いてきた。暴れる女を押さえ込むレイチェルと、近くに立ち尽くす奏を、野次馬たちが取り囲む。せめてレイチェルの傍にいて、彼の中身が未だ無事であるかを確認していたい。異常が認められたらすぐにも対処したい。

とはいえ自分に『対処』する術《すべ》はない。そう、ただ傍で彼の無事を祈ることしかできないのだ。あまりに無力な己に絶望するしかないと奏は唇を噛み、情けなくも漏れそうになる嗚《お》咽《えつ》を必死で堪《こら》えていた。

8

ストーカー行為をしていたもと家政婦はパトカーに乗せられ警察に連れていかれた。奏への事情聴取が日を改めてとなったのは、時間が深夜近かったこともあったが、奏がまず、レイチェルの無事を確認したかったということが一番の理由となっていた。

警察官たちを帰したあと、奏は野次馬たちの視線を浴びながら部屋へと戻り、二人して向かい合った。

「大丈夫か？　俺のせいで……本当にごめん。本当に……」

詫びても詫び足りない。なぜレイチェルが自分の代わりにこんな目に、と、堪えていた涙が奏の頬を伝い、嗚咽が唇から零れ落ちる。

「どうしてあなたが謝るんです。あなたは何も悪くない。あなたを守れてよかったと、心から思っていますよ」

レイチェルは微笑み、奏を宥《なだ》めようとする。しかし彼の顔半分の肌は既になく、金属と思《おぼ》しき銀色の面が露《あら》わになっていた。

「レイチェル……」

「私の身体にはまだ硫酸が残っていますから。触れてはいけません。すぐ着替えてきますので今少しお待ちください」

そう言い、去ろうとするレイチェルに奏は聞かずにはいられなかった。

「硫酸を浴びても大丈夫なのか？　腐食したりはしないのか？」

たとえ腐食していたとしても、レイチェルは『大丈夫』と言うに違いない。聞いても無駄だとわかっているはずなのにと唇を噛む奏を見て、レイチェルはまた、にっこりと微笑んだ。

「大丈夫です。嘘や誤魔化しではなく、私は蓮見さんの想像以上に頑丈なんですよ」

「……本当に？」

「嘘でも誤魔化しでもないと言ったじゃないですか」

少々お待ちくださいと言葉を残し、レイチェルが奏のいたリビングを出ていく。本当に大丈夫なのだろうか。あとを追おうとしたそのとき、玄関のインターホンが鳴る音がし、何事だと奏は玄関へと走った。

扉の外に人の気配がする。セキュリティのしっかりしているこのマンションは、まずエントランスに入るときに一度、エレベーターホールに入るときにもう一度、インターホンを鳴らす必要がある。その二つのチェックを回避し、玄関のインターホンに辿《たど》り着くのは、このマンションの住人か管理人、もしくは住人と共に入ることでチェックを免れた相手となる。最後であった場合、身に危険を及ぼす相手である可能性が高い。既に玄関にはレイチェルが先に到着しており、スコープで外に誰がいるかをチェックしていた。が、すぐにドアから離れると、奏を振り返る。

「橘様です。お迎えしてもよろしいでしょうか」

「橘君が？」

なぜ、と不思議に思った直後、レイチェルの管理会社から連絡が行ったのかと奏は察した。しかし彼ならいつも勝手に入ってくるだろうにと思いつつ、レイチェルに「俺が開けるよ」と声をかけ、ドアへと向かう。

「着替えてくるといい」

「わかりました」

レイチェルは頭を下げてから彼が着替えを置いている奏の寝室内のクロゼットへと向かっていった。奏はその後ろ姿を見送ったあと玄関のドアを開いた。

「先生、ご無事でしたか」

橘はまさに顔面蒼白《そうはく》といった状態だった。

「ああ、無事だった。レイチェルが庇《かば》ってくれた」

何をどこまで知っているのかは不明だが、心配して駆けつけてくれたことは間違いない、と中に招く。

「警察から連絡があったのか？　それともレイチェルの管理会社から？」

「管理会社です。すぐ警察に状況を確認し、こちらに来ました。例のストーカーが先生に硫酸をかけようとしたんですよね？　ご無事で何よりでした」

『ご無事』というところまで、警察で聞いてきたのだと橘はそこまで告げると、奏の前で深く頭を下げた。

「申し訳ありませんでした。本当に……ご無事でよかったです」

「いや、君が謝る必要はないよな？」

なんだかデジャブだと思い、奏は先程のレイチェルと自分のやり取りを思い出した。レイチェルに対して詫びる理由が自分にはあったが、橘は何を詫びようというのか。不思議に思い奏は、未だ目の前で頭を下げ続けている橘に声をかけた。

「頭を上げてくれ。なぜ君が謝る？」

理由を教えてほしいと問うと、予想外の答えが返ってきた。

「あの家政婦を手配したのは僕です」

「君は家政婦派遣会社に依頼をしただけで、責任はないよ。そもそも、君に家政婦を依頼してもらうということ自体がおかしかったんだ」

「おかしい……？」

橘がどこか呆然とした表情で、奏の言葉を繰り返す。

「頼りすぎていただろう？　君はもう、他の先生も担当することになっていて相当忙しかっただろうに、君が申し出てくれたのをいいことに、私生活まで全部君に頼り切ってしまっていた。反省しているよ」

「いいんです。先生に頼ってもらえるのは僕にとって嬉しい以外の何ものでもないので」

橘が即座に言い返してくる。勢い込んで言ってくるその剣幕に、奏は一瞬、声を失った。

「すみません……」

呆《あき》れられていると思ったのか、橘が詫びる。

「いや……」

これもまた謝るようなことではない。しかし『嬉しい』とまで言われると、普通は『よいしょ』や『おべんちゃら』と感じるだろうに、本気にしか思えないところがある意味凄い、と奏はなんともいえない気持ちに陥ってしまっていた。

と、背後でレイチェルの声がし、はっと我に返る。

「橘様、ご迷惑をおかけし申し訳ありません」

「レ……レイチェル」

橘の目が驚愕に見開かれる。

「ど、どうした、その顔……」

「俺を庇ってくれたんだ」

振り返り、レイチェルを見る。冷静な橘が動揺のあまり満足に喋れなくなるほど、凄惨な姿となったレイチェルは、それまでと全く変わらぬ優雅な動作で橘に頭を下げていた。

自分のために――罪悪感に押し潰されそうになりながら、奏はそう言い、レイチェルを見上げる。

「あなたを守るのも私の仕事ですから」

顔半分の皮膚だった部分は焼けただれている。それでもレイチェルは美しいと奏は思った。

「硫酸を浴びたんだ……先生を庇って……」

橘が痛ましそうにレイチェルを見やり、問い掛ける。

「すぐに製造元に送り、修理してもらうといい。代理店から即刻、返送してほしいと依頼がきているんだ。君には致命的なバグがあると」

「橘君！」

なぜ今、バグについて持ち出すのだと、奏の頭に血が上る。『修理』は勿論、奏もしてもらうつもりだった。肌を焼かれた状態では、レイチェルが気の毒だと思ったのだが、それとバグは別の話だと橘を睨む。

「君には関係ないことだ！　メーカーとも代理店とも、俺が交渉する」

「先生、ことは急を要するそうなんです。先生のところに連絡してもリアクションがないので、それで僕のところに依頼がきたんです。不快でしょうが聞いてください」

橘が奏の両腕を摑み、じっと目を見つめてくる。真剣この上ない表情ではあるが、彼の瞳には悲しみの色が宿っていた。

「レイチェルはバグのせいで、セキュリティ機能が働いていないということがわかったそうです。彼がもしもウィルスに感染した場合、サーバーまで感染が広がる恐れがあるとのことで、そうなれば何千体ものアンドロイドに支障が出ることになります。それですぐに、バグを修正したいと、メーカーはそう言ってきているんです」

「……」

そんなことは自分の知ったことではない。そう言い切るには、奏は常識的すぎた。しかし、と奏はレイチェルを振り返る。

「私のバグはそうした状況なんですね」

レイチェルにとっても初耳だったのか、少し驚いたように目を見開く。だが、彼の半分しか皮膚のない口元は微笑んでいた。

「俺も今知った。管理会社からの連絡を放置していて申し訳ない。しかし……」

きっとバグについてだろうと、管理会社からのメールを読まずにいたことを謝罪し、言い訳を告げようとした奏の言葉を、レイチェルが遮る。

「謝る必要はありませんよ。かえって蓮見さんにご迷惑をおかけしてしまい、申し訳なく思っています」

「迷惑なんていいんだ、別に。そうじゃないんだ」

今度はレイチェルの言葉を奏が遮った。迷惑なわけがない。管理会社を無視したのは、これまでどおり、レイチェルと一緒にいたかったからだと、言葉を続けようとするが、それより前にレイチェルが微笑み話し出す。

「ちょうどよかったです。このような姿になりましたし、どうか修理に出してください」

レイチェルの顔には笑みがある。それが彼の望みだというような言い方はおそらく、気遣いの結果だろう。それがわかるだけに奏の中で堪《たま》らない気持ちが募り、気づいたときには叫ぶような声を上げてしまっていた。

「いやだ！」

「蓮見さん……」

「先生」

レイチェルの驚いた声と共に、橘の悲痛ともいえる声が響く。

「修理は勿論する。でも……でも、バグは……そのままに……」

「蓮見さん」

レイチェルが一歩、奏に歩み寄り、少し屈《かが》むようにして顔を見つめてくる。

「バグはバグです。あってよいものではないんですよ」

「わかってる。でも……でも……きっとそれは、バグじゃない。バグじゃないと思うんだ」

「なんだというんですか？」

レイチェルが少し戸惑った顔になる。

「……人の心だと……思う……」

奏がレイチェルに告げた言葉を聞き、橘が息を呑む。しかし彼は何も言うことなく、その場に佇《たたず》んでいた。

「私はアンドロイドですよ」

レイチェルが困ったように笑い、首を横に振る。

「人の心はありません」

「感情があるように思えるんだ。俺には。そう思わせるような作りになっているのかもしれない。でも……でも俺はその『バグ』と言われているものが、レイチェルの感情に思えて仕方がないんだ」

「蓮見さん」

レイチェルがまた、奏に呼びかける。

「私に感情はありません。だから修理に出しても大丈夫です。バグのない状態なら、より、あなたを安全に守れます」

「守ってくれたじゃないか！」

守った結果、そんな姿になってしまったというのに。堪らず奏はレイチェルに縋り付いていた。背後で橘がまた、息を呑んだのがわかったが、今は彼を振り返る余裕はなく、奏はレイチェルに訴えかけた。

「今の君がいい。今のままがいいんだ。今のままの君が俺は……っ」

『好きなんだ』と言いそうになったそのとき、背後で橘の声がし、奏は我に返ることができた。

「リセットされますよ！」

「……っ」

そうだ。好意を表す言葉を告げれば、設定がリセットされてしまう。はっとし、口を閉ざした奏は思わずそれを指摘してくれた橘を振り返っていた。目が合うと橘は何かを言いかけたが、結局は何も言わないまま目を伏せる。

「……蓮見さん……」

レイチェルの呼びかけに、奏の視線は彼へと戻った。半分肌のない顔。他人から見たらグロテスクと評されるのかもしれないが、奏にとっては誰より愛《いと》しい顔だった。

「俺は……今のままがいい……でも……」

バグを修正しないという道はないのか。サーバーから切り離すのではどうだろう。いっそレイチェルを買い取る？　必死で考えを巡らせるが、レイチェルにとってそれは好ましい選択となるのか。わからない、と奏はレイチェルを見上げた。レイチェルは奏が口を開くのを待っている。

「……スタンドアローンでの動作は可能なのかな」

「いえ」

レイチェルが首を横に振る。彼もまた悲しげに見えるのは、自分がそう望むからだ。今はそれがはっきりとわかり、奏は再び彼に縋った。

「俺がどう感じるかはこの際、どうでもいいんだ。レイチェルの気持ちを知りたい。君はどうしたい？　バグを修正されたいのか？　それが『バグ』じゃなく君の感情だったとしても？」

「……そうですね……」

レイチェルは短く答えると、少し考える素振りをした。

「……正直、わからないのです。私には感情はないはずです。アンドロイドですから。なので、あなたを心配に思う気持ちや、あなたの幸せを願う気持ちが、自分の感情なのか、それともあなたの願望の表れなのか、判断がつきません」

「俺は君に守ってほしいと思ったり、幸せになりたいと願ってはいない……と思う。願っているのは傍にいてほしいということだけだ」

言いながら奏は、違う、と心の中で己の言葉を否定していた。

傍にいるだけではない。気持ちを通わせたいと願った。幸せになりたいと願ったことがないというのも嘘だ。レイチェルが自分を好きになってくれれば、それが自分にとっての最高の幸せだと、そう願っている。

真実は『守ってほしい』とは願っていないことだということだけだ。守った結果、レイチェルは自分のかわりに硫酸を浴び、痛ましい姿になってしまった。そんなことはさせたくなかった。自分もまたレイチェルを守りたいと、そう願っていた。

だがその思いを口にすることはできない。恋愛感情を抱いていると知られた時点で、レイチェルはリセットされてしまう。告げられないジレンマに身を焼かれてはいるが、それでも彼を失うことを思えば耐えられる。奏は心の中でそう呟くと、改めてレイチェルに訴えかけた。

「傍にいてほしい。ずっと。今のままの君に、傍にいてほしいんだ」

「今のままですと、買い物にも行けませんよ」

レイチェルは苦笑し、首を横に振ると、改めて奏を見つめ、優しく微笑みながら口を開いた。

「あなたももう決断しているのでしょう？　私のバグを修正するしかないことは」

「………できるわけがない」

レイチェルの所有権がメーカーか代理店、どちらにあるかは知らないが、少なくとも奏のものではない。このまま傍に置くという選択が、所有者に認められるはずがないことは奏にもさすがにわかっていた。

サーバーに害が及ぶとなると、レイチェル一人の問題ではなくなる。サーバーから切り離してほしい、言い値で買うから譲ってほしいと言えばもしかしたら通るかもしれないが、スタンドアローンでは動かないとレイチェルは答えていた。

人形として傍に置きたいわけではない。生きている彼と、自身の感情を持った彼と共にいたいというのは、見果てぬ夢なのだ。だがそれがわかっていたとしても、奏にはレイチェルをメーカーに送ることができなかった。

「……蓮見さん」

俯いた奏の肩に、レイチェルの両手が乗せられる。指先に力がこもったのに、どき、と鼓動が高鳴り、それを見抜かれたくなくて奏は益々《ますます》下を向いた。

「お願いがあります」

だがレイチェルが予想していなかった言葉を発したため、驚きから彼を見てしまう。レイチェルの半分だけ表情がわかる顔は、今もまた微笑んでいた。

「聞いてもらえますか？　おそらく私が蓮見さんにお願いごとをするのは、これが最初ではないかと思うのですが」

「……そう……そうだな。お願いされたことは……うん、なかった」

奏は戸惑っていた。どんなお願いをされるのだろう。

「ですよね。私の最初で……おそらく最後のお願いです」

そう告げるレイチェルは、嬉しそうに見えた。幸せそうにも見える。『最初』はいい。でも『最後』は、と切なさを覚える言葉に、奏の眉根には自然と縦皺が寄っていた。

「そんな顔、しないで」

レイチェルがそう言ったかと思うと、すっと手を伸ばし、奏の眉間の皺に指先で触れる。

「……っ」

思わぬ彼の行動に衝撃を受け、奏はその場で固まってしまった。頬が燃えるように熱い。

ああ。好きだ。胸に溢れる想いが唇から零れそうになる。だがその言葉だけは告げてはならないのだと唇を噛んだ奏の前で、レイチェルはにっこりと、本当に幸せそうに微笑むと、少し恥ずかしそうな様子で口を開いた。

「お願いしたいのは……私をリセットする言葉を、あなたに言ってほしいんです」

「……え……？」

何を言われたのか、奏は一瞬わからず、レイチェルをただ見返していた。

「バグを修正されればおそらく、私は今までの私ではなくなるのでしょう。バグが果たして私の感情か否かはわかりません。でも私が私でなくなるのであれば、あなたの手でリセットをしてほしい……それが私のお願いです」

「レイチェル……」

レイチェルの瞳が潤んでいるように見える。これもまた自分の願望なのか。奏がレイチェルを見上げ、レイチェルもまた奏を見下ろす。

「リセットしてほしいというより……あなたからその言葉を聞きたい……それだけかもしれません」

目を細めて微笑むレイチェルの目尻から、つう、と一筋の涙が頰を伝って流れる。

やはり――やはりレイチェルには感情があるのだ。だって自分はレイチェルを我が手でリセットさせたいなどという願望を抱いていないのだから。

あまりに耐えがたい。バグが修正されたとしても、レイチェルはそのままかもしれないじゃないか、と奏は自然と首を横に振っていた。

「わかるんです。私には。バグはきっと修正できないでしょう。結果、私のいわば脳は入れ換えられることになる。それなら最後に……せめて最後に、あなたからあの言葉を聞きたい」

「……俺は……嫌だ」

嗚咽が込み上げてきて喉が詰まる。泣きそうになるのを堪えながら奏はなんとか声を出し、首を横に振った。

「お願いです。悔いを残したまま、いなくなりたくない。あなたの手で、リセットしてほしいんです」

「……いやだ……」

彼の最初で最後のお願いであるのなら、聞いてあげたいとは思う。だが自分の手で彼をリセットするのは、やはり耐えがたかった。

「……駄目ですか。残念です」

レイチェルが悲しげな顔になり、奏の両肩から手を離す。

「我が儘《わがまま》を言いました。申し訳ありません」

頭を下げて寄越した彼は、普段の様子とまるでかわりはなかった。が、彼の瞳には相変わらず悲しみが宿っているのがわかり、奏は思わず自分から離れようとしているレイチェルの腕を摑んでいた。

「蓮見さん」

「奏と呼んでほしい」

己の願望を彼にぶつける。その理由をレイチェルは察したらしく、安堵した顔となった。

「奏」

奏の望みどおり、名を呼んでくれたレイチェルを奏は真っ直ぐに見上げた。レイチェルもまた、奏を見下ろしてくる。

彼の瞳には温かな光りが宿っていた。多分それは――愛だ。そして自分の瞳にも同じ光りが宿っているに違いないと確信する。

「レイチェル……」

胸に溢れる想いを、そのまま言葉に乗せればいい。それが彼の望みなのだから。

次の瞬間、起こるであろうことを奏は考えまいとした。今、すべきはレイチェルの最後の望みをかなえること。それだけだ、と彼を見上げ口を開く。

「……っ」

視界の先で、レイチェルの顔が歪《ゆが》む。溢れる涙を堪えることができずにいた奏の頬をレイチェルの両手が包んだ。

「奏……」

優しく名を呼ぶ彼に、奏は嗚咽を堪え、愛の言葉を告げる。

「レイチェル……愛してる……」

「……ありがとうございます」

レイチェルがにっこりと微笑み、奏に礼を言う。彼の瞳が閉じられていくのを見つめていることができず、奏は彼を抱き締めた。

「レイチェル……っ」

「……愛してます」

耳元でレイチェルの声が響いた気がしたが、確かめることはできなかった。

「先生！」

レイチェルの動作は完全に停まり、奏の腕の中で動かなくなる。支えるには重すぎたため、奏はそのまま後ろに倒れ込みそうになったのだが、それを抱き止めてくれたのは橘だった。

「……う……っ」

彼の腕の力強さ、胸の温かさを感じると同時に、意思を持たなくなった腕の中のレイチェルへの思いが溢れ、堪えようにも堪えきれない涙が溢れる。

「……先生……」

そんな奏をレイチェルごと抱き締めてくれながら、橘はただ、奏の耳元で、

「大丈夫です。大丈夫ですから」

とその言葉だけを繰り返し、奏が落ち着きを取り戻すまで、抱き締め続けてくれたのだった。

奏は泣き疲れ、橘の勧めに従い、ベッドで休むことにした。その間に橘はレイチェルを送る手続を取ってくれていたらしく、奏が目覚めたときには既にレイチェルの個体は部屋から消えていたのだった。

電源が切れた状態のレイチェルを、奏は今まで見たことがなかった。本当にアンドロイドだったのだなと改めて認識すると同時に、そのアンドロイドが自分の意思でリセットを望み、それを自分に託してきたのだと、一連の出来事を振り返った。

「腹、減りませんか？　何か作りますよ」

橘は敢えて、レイチェルのことを話題にすまいとしているようだった。

「あまり減っていないから大丈夫だ。それより、忙しいんじゃないのか？」

自分はまだ彼の社の仕事にとりかかっていないので、世話を焼いてもらうわけにはいかない。それで橘を帰そうとしたのだが、橘は、

「大丈夫です」

と答え、頑として帰ろうとしなかった。

「やはり引っ越しましょう。あのもと家政婦は逮捕されましたが、今回の事件のせいで先生がこのマンションに住んでいることが広まってしまっています。マスコミは我々が抑えますが、新たなストーカーが出てくるのではとそれが心配で」

「……そうだな。引っ越したほうがいいだろうな」

随分な騒ぎとなり、マンションの住民にも迷惑をかけることになった。しかし奏が引っ越したい理由は、この部屋にはレイチェルとの思い出がそこかしこに満ちていたためだった。

リビングのソファで共にグラスを傾け、話したこと。ゲイであると告白をしたとき、会話はログから削除するという思いやりを見せてくれた彼。最初は奏の寝室のウォークインクロゼットに充電器を置いていたため、不意に彼が出てきて驚いたこともあった。一緒に食事もした。公園まで散歩にもでかけた。仕事中はコーヒーを淹れてくれた。共に映画を観たこともあった。

しかしもう——そんな日は巡ってこない。

レイチェルを忘れたいと願っているわけではなかった。今はまだ思い出すとつらくなるばかりだが、きっと年月が経《た》てば『いい思い出』に昇華されるに違いない。奏はそう信じることにしたのだった。

「しかし硫酸とは驚きました。何を考えているんだか」

橘が憤ったように言い出したことで、奏はそういえば、ともと家政婦があんなことをしようという気持ちに至った、その原因を問うてみることにした。

「彼女がそうも俺を恨むのには、何か理由があったのかな？」

「逆恨みとしかいいようがありません」

答える橘の顔に怒りが宿る。

「公園で先生とレイチェルの写真を撮り週刊誌に売ろうとしたことが広く知られるようになり、ストーカー行為についても職場に知られた挙句、会社を解雇されたそうです。それで全部先生のせいだと恨み骨髄となり、襲ったと、取り調べでは言っているそうですよ」

奏が眠っている間に、随分と情報を集めてくれていたらしい。さすがだと感心しながら奏は、「ありがとう」と彼に礼を言った。

「彼女が恨みを抱いていることは軽く想像できたのに、何も対処をしていなかったのは明らかに僕の手落ちです。本当に申し訳ありません」

橘が深く頭を下げる。

「君のせいじゃない。そもそも俺が君に頼り切っていたことが問題なんだ」

「いえ……それも僕のせいなんです」

頭を上げさせようとして告げた言葉が橘の罪悪感を煽ったようで、ますます深く頭を下げてくる彼に奏は戸惑い、問い掛けた。

「なんで君のせいなんだ？」

「……僕が、そう仕向けていたからです」

沈痛といってもいいほどの苦しげな表情で橘が、あたかも懺悔《ざんげ》するかのように話し出す。

「先生に必要とされたかった……。仕事の上では勿論のこと、私生活でも僕がいないと不自由さを感じるようになるといいと、そんな不埒《ふらち》なことを考えてました。だから常に先生の先回りをして希望をかなえ、快適な生活が送れるように心がけていたんです。先生にとって、誰より必要な人間になりたかったから……」

橘はここまで言うと改めて奏の前で、深く頭を下げて寄越した。

「本当に申し訳ありません」

「……いや……」

橘の告白に、奏は正直、戸惑っていた。彼がそんなことを考えていたとは、想像したこともなかった。仕事だから、というだけではないだろうとはわかっていたが、自分の書く小説が好きだからと解釈していた。

まさか、そんな意図があったとは——驚きが奏の言葉を封じていたが、橘はそれを不快ゆえと思ったらしく、尚も頭を下げてくる。

「本当に……申し訳ありませんでした。気持ち悪いと思われても仕方ありません。ご不快になるのも当然だと思います。しかし……」

「あ、いや。違う。驚きはしたが、気持ちが悪いとか、不快とか、そういう風には感じていない。本当だ」

顔を上げた橘が意外そうな表情となったので、最後に『本当だ』と付け足したのだが、言葉にしてみて改めて自分が、そうした感情を持っていないと奏ははっきりと自覚した。

「本当に驚いたんだ。俺はてっきり、君は俺の作品が好きだから尽くしてくれているのだとばかり思っていた」

「勿論、先生の小説は好きです。執筆のために快適な環境を整えて差し上げたいという気持ちも本心です。ただ……」

橘は言い淀んだが、すぐにそんな自分を恥じるように首を横に振り、口を開く。

「……ただ、先生に対する下心があったというのも……本心です」

「下心か……」

彼からは好きだと告白をされた。無理やりキスもされている。だから彼の『好き』は『下心』があるもの――いわゆる肉欲を伴う恋愛感情だということは、理解していたはずだった。それでもやはり、信じられない。信頼に値しないというわけではなく、そんなことがあり得るのだろうかという疑いを捨てることができないというだけなのだが、その気持ちを伝えるのは難しいなと奏は目の前で項垂《うなだ》れる橘を見やった。

そもそも橘はゲイなのだろうか。そして自分をゲイと見抜いているのだろうか。まずはそれを聞いてみようと、奏は彼に問い掛けた。

「君はその……俺がゲイだと気づいていたのか？」

「……いえ……気づいていませんでした。ただ……」

橘は言いづらそうにしていたが、奏が見つめていると、躊躇いながらも口を開いた。

「……ただ、先生がレイチェルに惹《ひ》かれているのはわかりました。それでつい、暴走してしまって……」

レイチェルの名が出されたとき、奏の胸に痛みが走った。自然とシャツの胸の辺りを摑んでしまっていた奏に、橘が、

「すみません……」

と力なく詫びる。

「いや。大丈夫だ」

実際『大丈夫』ではなかったが、橘が申し訳なさそうにしているのを見ると、彼にそんな

顔をさせてしまうのは申し訳ないという思いが先に立ち、奏は無理をして笑ってみせた。

「無理しなくていいです」

橘にはそんな奏の気持ちがわかるようで、静かな声音でそう言うと、ゆっくりと首を横に振った。

「好きだったんでしょう、レイチェルを」

「……おかしいだろう?」

自嘲しようとしたが上手《うま》くできなかった。頭ではわかっていたはずだった。レイチェルは人間ではなく、アンドロイドだ。今でも奏は、レイチェルには感情があったし、お互い、気持ちを通い合わせることはできていたと思っている。しかし『好きだ』『愛している』とは決して言えない相手なのだ。そうした感情を露わにするとリセットされる設定となっていることは知らされていたのに、それでも好きになってしまった。

馬鹿だ、と自分でも思う。でもあれは確かに恋だった、と奏は自然と首を横に振っていた。

「可笑しくないです。嫉妬はしましたが」

橘がそう言い、奏の顔を覗き込んでくる。

「……僕の前では無理をしないでください。そのままのあなたでいてください。つらいことがあったら吐き出してくれればいい。悲しいことがあったら、怒りを覚えることがあったら話してください。あなたにとって僕は……そうした存在になりたい」

「……橘君」

橘の目は潤んでいたが、強い意志を感じさせる光が宿っていた。切々と訴えかけてくる口調も真剣で、それこそが彼の本心、彼の希望であることが窺える。

「……もし、許されるのであれば、これからもあなたの傍にいたい。あなたにとって必要な人間でありたい」

お願いします、と頭を下げる橘の肩が微かに震えている。拒絶を恐れているのかもしれないとわかったときには、奏は自然と口を開いていた。

「必要に決まっている」

「……っ」

その瞬間、橘がはっとしたように顔を上げ、奏を見る。

「先生」

「……君を利用するようで、申し訳ないとも思うが……」

橘は先ほど、今までの行動には下心があったと告げていた。それがわかった上で、『必要』だからと彼の申し入れを受けるのはどうなのだと、そこは躊躇う。

「好きになってくださいとは言いませんから」

すべて説明しなくても、橘には奏の気持ちは筒抜けのようだった。そうだ。常に彼は自分の気持ちを正しく読んでくれていた、と改めて認識していた奏の頭に、レイチェルの笑顔が

浮かぶ。

この先、レイチェルを忘れることはないだろう。暫くの間、喪失感を抱くに違いない。その寂しさすら、共に分かち合うと橘は言ってくれている。

さすがに申し訳ないのでは。躊躇う気持ちも橘は正確に読み取った上で、奏に向かい微笑み、口を開く。

「あなたの傍にいたいんです」

いつか――約束はできないが、いつの日にか、橘の気持ちを正面から受け止めることができるようになるかもしれない。彼に必要とされたいと、自分も望むようになるかもしれない。己の胸にそんな気持ちが宿ることに戸惑いを覚えながらも奏は、優しく微笑みかけてきていた橘に対し、わかった、と頷いてみせたのだった。

それから

その後、奏《かなた》は橘《たちばな》の協力のもと、別の高層マンションに引っ越した。都心を離れることも考えたのだが、橘が出版社の近くでないと自分が通えなくなる、それだけは困るのだと強硬に反対し、結局都心住まいとなった。

橘は今まで以上に、奏の元に通い詰めるようになっていた。というのも、奏が家政婦サービスを断り、自分で家事をやると宣言したためである。

レイチェルと同じ型はさすがに勧めないが、女性型が申し込めるようになったので契約してみたらどうだと、橘が申し出たのを奏は断った。

女性型であれば単に家事をしてもらうアンドロイドとして向かい合えるかとは思ったが、やはりどうしてもレイチェルのことを思い出してしまうに違いなく、冷静でいられる自信がなかった。アンドロイド以上に、生身の人間を雇うのはもうこりごりであったし、となると、家事は自分でするしかないという結論に達したのだった。

奏も橘と出会うより前は、自分で家事をこなしていた。実際は『こなしていた』とは言いがたく、なんとか生きていけていた、というのが正しいのだが、橘が世話を焼いてくれるようになると、自分では何もしなくなった。人は易《やす》きに流れるといういい例で、『易き』どころか、非常に快適な生活が送れるようになり、すっかりそれに慣れてしまっていたのである。

今更ではあるが、さすがに成人男子としてそれはどうなのだと反省し、人にやってもらうことを期待せず、まずは自分でできることから始めようと、考えを改めたのだった。

奏の決意を聞いて橘は、一瞬、非常に残念そうな顔になったが、すぐ我に返った様子となると、協力を申し出てくれた。

今までのように、奏が何を言うより前に、なんでもやってくれる、ということではなく、奏に家事を仕込んでくれるという『協力』だった。洗濯や掃除はコツを、料理は電子レンジだけでできるような簡単なものを教えてくれる。

一人では億劫《おっくう》だが、橘と共に行う家事は、奏にとって気分転換にもなった。執筆の妨げになることはなく、逆に仕事は捗《はかど》った。一方、多忙な橘の負担になっているのではと、そちらは気になったが、自分にとってもいい息抜きになっていると本人に言われては、納得するしかなかった。

そういったわけで、日曜日の今日も橘は奏の家にやって来たのだが、表情は少し暗かった。

「どうした?」

橘の実家から、到来物だが両親だけでは食べきれないからということで松阪牛が送られてきたので、すき焼きでもしましょうと、それが今日の来訪の目的だったはずだが、と、奏が問うと、橘は少し言い淀《よど》んだあとに、口を開いた。

「実は先生がこのマンションに住んでいるという情報がネットに流れたようなんです」

「またか」

やれやれ、と奏が溜《た》め息をつく。前のマンションも、そして今住んでいるマンションも、セキュリティの堅固さが決め手となったというのに、前回も今回も、あっという間に特定されてしまった。ほぼ日中は出歩かず、外に出る時には、帽子やサングラスを忘れず着用するというのに、なぜわかるのだろう。

「申し訳ありません。今度こそと思ったんですけど……」

橘は心底申し訳なさそうな顔をしていた。君が悪いわけではない、と奏は首を横に振りつつ、特定された理由を確かめることにする。

「どこからバレたんだろう？　ここに越してから滅多にデリバリーもとらないし、通販もしていない。他の住民と接触した記憶もないんだが……」

「……僕のせいです…」

橘が俯いたまま、小さな声でそう言い、ちら、と上目遣いに奏を見る。

「君？」

「……はい。どうやら先生の担当編集だと顔を覚えられたらしく、僕が頻繁に出入りするからと、それでわかってしまったようです……」

橘は言いづらそうにそう告げたあと、改めて「申し訳ありません」と深く頭を下げて寄越す。

「なぜ君が担当編集だとわかったんだろう？」

橘は確かに目立つ。モデルばりの長身とスタイルのよさに加え、顔もまたモデルばりに整っている。とはいえ彼は出版社の社員で、いわばサラリーマンである。メディアに露出していることもないだろうに、と、疑問を覚え、首を傾《かし》げると、

「それが」

と橘が、溜め息交じりの声で説明してくれた。

「随分前に、先生のサイン会があったじゃないですか。そのとき、先生の後ろに立っていたのを覚えられたみたいなんですよ」

「サイン会って、五年前くらいじゃなかったか？　確か君が初めて担当した本のときだったよな？」

五年前、初めて一緒に仕事ができたと、橘は酷《ひど》く嬉《うれ》しそうにしていた。また泣くんじゃないかと彼を前にドキドキしたのを昨日のことのように思い出す。

まだ当時は、奏のファンもそこまで偏執的ではなかったのと、何より橘の喜びようが微笑ましくて、それでうっかり、橘から打診されたサイン会の依頼を受けてしまったのだった。

「はい。あの頃はまったくわかってなくて……先生には多大なご迷惑を……」

弱々しく橘が詫《わ》びるが、それもまた彼のせいではない、と、奏は苦笑した。

読者一人一人の反応が実に熱く、二時間の予定を大幅に超え、最後の一人へのサインを終えたのは実に五時間後となっていた。さすがに疲れはしたが、熱い読者の反応に直《じか》に触れることができ、本当に有意義なときを過ごしたと、奏としては満足していたというのに、編集

長からよほど叱責されたらしく、橘は平身低頭して詫びていた。

そんな彼の姿を思い出し、つい、笑ってしまっていた奏の前では、相変わらず深く反省した様子の橘が頭を下げたままでいて、更に奏の笑いを誘う。

「昔を思い出すじゃないか。あのときも君は土下座せんばかりの勢いで詫びてたな」

「いや、しました。土下座」

と、橘が顔を上げ、真面目《まじめ》にそう言い返す。

「あ、そうだ。されたよ、土下座」

店長はじめ、書店員の面々が唖然《あぜん》としていたのをようやく思い出したと同時に、普段から相当厳しく接しているんじゃないかとあらぬ誤解を受けたのだったと、余計なことまで思い出す。

「おかげで風評被害に遭ったの、覚えてるか?」

「ちゃんとそのあと、書店にはフォローに行きましたよ」

「そうだったんだ?」

「懐かしいです」

それは初耳だ、と目を見開く奏に橘が、
としんみりしたあと、はっと我に返った様子となる。

「……すみません。とにかく、そのサイン会のときに顔を覚えられたようで、それで僕も動向をチェックされていたみたいです」

「君もストーカー被害に遭ってたってことか」

そうでなければ、『頻繁にマンションを訪れる』とわかるはずがない。いや、待てよと奏はもう一つの可能性に気づき、どちらが正解なのだと確認を取った。

「もしやこのマンションの住民か？　ネットに情報を上げたのは」

「今、ＩＰの開示請求をしていますが、ここのコンシェルジュじゃないかと思ってるんですよね。一人、やたらと愛想のいい人がいたので……」

「なるほど……」

コンシェルジュというのは、管理人の役割プラス、住民に何かと便宜を図ってくれる受付で、このマンションでは常時二名のコンシェルジュが二十四時間体制で勤務している。受付の前を通らずエレベーターホールには行けないので、人の出入りのチェックは常にできるだろうが、だからといってそれを自らの願望のためにしていいはずがない。

「ともかく、ここも越したほうがいいと思うんです。すぐ、次を探します。いっそ、千戸くらいある超高層マンションのほうがいいかもしれませんね。人を隠すなら人の中、みたいな」

「高層マンションはエレベーターがなかなか来ないのがストレスなんだよ」

前の前に住んでいたのも高層マンションで、そのときには最上階の一つ下に部屋を借りた。五十八階建ての五十七階では、階段を使うことは最初から諦め、エレベーターを待つ。時間が悪いと満員電車のような状態になるのもまたストレスで、比較的すぐに越したのだった、と思い出し、肩を竦《すく》めた奏を前に、橘も、

「困りましたねえ」

と溜め息をついている。

「いっそ、都心を離れるのはどうでしょう。あれだけ反対しておいてなんですが」

ふと思いついたように橘が言い出したのを聞き、奏の頭にかつての記憶が蘇《よみがえ》った。

軽井沢の別荘はどうだろう。文豪が住んでいたところもあるという。そんな会話を交わしながら、『彼』と共に過ごすシーンを思い描いたことがあった。

思い出は不意に蘇り、奏の胸にほろ苦い感情を呼び起こす。一人しんみりとしてしまっていた奏は、橘に、

「先生?」

と呼ばれ、我に返った。

「ああ、悪い。なんでもない。とにかく、引っ越しについてはおいおい考えるとして、取り敢《あ》えずすき焼きを食べよう」

橘の前で奏はできるだけ、『彼』のことで落ち込む素振りは見せまいと心がけていた。気を遣わせたくないというのが理由だが、それ以外にもなんとなく、まだ自分が『彼』への喪失感を抱えていることを隠しておきたいと願ってしまう。

なぜそんな気持ちになるのか。実は自分でもよくわかっていない。他のことで落ち込んでいたとしても、気づかれまいと思ってはいるのだが、こと『彼』に関しては尚更《なおさら》なのだと、今日も奏は空元気とわかりつつ明るくそう言い、橘に笑いかけた。

「……そうですね。はい、食べましょう」

橘もまた、笑顔になる。が、おそらく無理をしているなと奏は察した。橘は奏のことならなんでもわかる。『彼』はＡＩだから、という『答え』があったが、橘は当然ＡＩを内蔵などしていない。なのに自分が無理しているとすぐに気づき、こちらに気を遣わせまいとして逆に気づかないふりを貫こうとする。

一方、自分はどうだろう。橘と共にキッチンへと向かいながら奏は、彼を見やった。視線に気づいたらしい橘が足を止めて奏を見返す。

「どうしたんです？」

「いや。すき焼きということだったから、豆腐や野菜を切っておいた。ネットで見たんだが、これで大丈夫かな」

気を遣わなくていい。そう言えば橘は倍、気を遣う。なので奏も気づかないふりをし、彼以上に明るい口調を心がけつつ、自分が用意しておいた材料を橘に見せた。

「完璧ですよ。割り下も作ったんですか？」

「作ったというか、買ったものにちょっと足したというか……それもネットで見つけたレシピだよ。ネットにはなんでも載っているな」

言ったあとで奏は、本当に『なんでも』載っているよなと苦笑した。失敗なし、簡単、美味しい、割り下、と検索すればいくつものページがヒットするように、自分の住んでいるマンションも次々暴かれていく。便利なような、不便なような。溜め息をつきかけた奏の耳に、橘のやるせなさげな声が響く。

「本当に……五年前のサイン会の写真も、もしかしたらどこかにまだ残っているのかもしれません」

彼の反省を思い起こさせてしまった、と慌てて奏はフォローに走った。

「今日は車かな？　まあ、車でもいいか。ビール、飲むだろう？」

「ビールどころか。日本酒も飲みますよ。それを考えてタクシーで来てます」

「さすがだ」

会話がスムーズに流れ始める。こうした軽口の叩《たた》き合いができるようになったことに、奏は安堵《あんど》していた。

一度好きだと告白され、唇を奪われもした。が、橘はその後、まるで何もなかったかのように、告白以前の態度をとり続けている。

傍《そば》にいたいと言われた。そして必要な人間でありたいとも。好きになってくれとは言わない、そうも言われた。それを自分への気遣いだと奏は思っていたが、実際のところ、橘が自分に対して、今、どんな気持ちを抱《いだ》いているのかと、ふと考えることがあった。

以前と同じに、接してくれる。執筆に最適な環境を作ってくれようともするし、どんな相談にも乗ってくれる。引っ越しのこともすべて頼ってしまった。担当編集以上の働きをしてくれる、その理由はなんなのか。動機は仕事以外にあるのか。

休みの日にこうして、すき焼きを一緒に食べるためにわざわざ家に来てくれる。高級な肉は本当に親からもらったものなのだろうか。そう言えば自分が気を遣わないだろうと、それこそ気遣い、自身で買ったのではないだろうか。

そしてそんなことをする理由は――？

まるで『理由』があることを望んでいるようだと、奏はふと気づき、戸惑いを覚えた。

「先生、どうしました？　ぼうっとして」

準備を始めた手がおろそかになっていたようで、橘が顔を覗《のぞ》き込んでくる。

「いや、なんでも」

ごく近いところに彼の端整な顔がある。涼やかな目元。高い鼻梁《びりょう》。そして――形のいい唇。

あの唇がかつて、自分の唇に重ねられたのだと、思わず凝視しそうになり、慌てて目を逸《そ》らす。

「先生？」

「すき焼きを最後に食べたのはいつだったかと、考えてたんだ。一人だとさすがにしないだろう？」

なんとか誤魔化そうと、適当な話題を選ぶ。と、自分の言葉に触発され、ある記憶が奏の中に鮮明に蘇った。

最後にすき焼きを食べたとき、一緒にいたのは『彼』――レイチェルだった。レイチェルが作ってくれたすき焼きを二人して食べた、あの夜のことを思い出す。

しかしレイチェルはもういない。そして、と奏は橘を見た。橘もまた奏を見返している。

目が合うと橘はにっこり微笑《ほほえ》み、口を開いた。

「またいつでも肉、持ってきますよ。二人で食べましょう」

「……ああ」

多分、橘は気づいたのだろう。今、自分が何を考えていたのかを。レイチェルのことを思い出していたとわかり気遣ってくれた。

まだ彼は嫉妬を感じるのだろうか。かつてのように。

なぜそんなことを気にするのか。疑問を覚え、奏は自身の胸に問い掛けた。

何を気にしているのか。嫉妬をしているか否かなど、必要な情報か？　もしや自分は彼に、嫉妬してほしいと、そう願っているのではないのか。

なぜ。答えはもう、わかっていた。彼の気持ちを確かめたいのだ。あのときと今では、気持ちが変わっているのか、それとも変わっていないのかを知りたいのだ。

なぜ。

『知りたい』という気持ちからではない。多分――願望なのだ。『変わってない』という結論を、自分はただ求めているだけなのだ。

ああ、と奏はつい、声を漏らしてしまった。

「先生？」

橘が戸惑った表情となり、再び顔を覗き込んでくる。近い、と身を引きそうになり、不自然じゃないかと思い直して姿勢を戻そうとしたが、バランスを失い後ろに倒れそうになってしまった。

「危ない」

橘がはっとし、手を伸ばして背を支えてくれる。抱き締められるような体勢に一瞬なったとき、奏は橘を見上げ、橘も奏の目を見返した。ほんの数秒、二人は見つめ合っていた。が、すぐに橘が唇を引き結ぶようにして笑い、奏から離れる。

「もしかしてそんなに寝てないんですか？　昨夜無理して書いたんじゃないでしょうね？　駄目ですよ。無理は」

「……橘君」

普段からあまり動揺したところを見せない彼の声が上擦っている。思わぬ接触に動揺しているのは自分だけではない。そう確信したとき、奏は確かめずにはいられなくなってしまっていた。

「はい」

呼びかけた声は、橘以上に上擦っている。何が問いたいのか、彼は予想してくれるだろうかと、奏は橘を見つめた。橘は奏の視線を受け止めてくれたが、すぐ、目を伏せてしまう。

この逡巡《しゅんじゅん》が意味するものはなんなのか。まるでわからない。単に自分の感情がから回っているだけかもしれない。それでも伝えずにはいられない、と奏は口を開いた。

「今も……俺を好きか？」

「え」

その瞬間、橘の顔から表情が消えた。彼の気持ちが読めないことで、奏の鼓動が早鐘のように打ち始める。

「もう……そうした気持ちはないのか？」

橘に気を遣わせたくなかった。彼の答えがどんなものであろうとも、気など遣わない彼の本心を受け止めたい。嘘《うそ》は言わないでほしい。そう願いながら奏は橘が口を開くのを待った。

橘の頬に血が上ってくるのがわかる。

「……好きに決まってるじゃないですか」

ぽつ、と橘の口から漏れた言葉は、彼の本音に違いなかった。すぐに、はっとしたような表情を浮かべた彼が、言い訳めいたことを告げようとしてきたのに気づき、奏は言葉を被せた。

「あ、すみません。その……」

「好きでいてくれてよかった」

「……え？」

橘が驚愕《きょうがく》に目を見開き、絶句する。彼のこうも驚いた顔を見たことがなかったと、こんなときであるのに奏は笑いそうになった。が、笑っている場合ではないと橘に自分の気持ちを――未《いま》だ、胸の中で混沌《こんとん》としている気持ちを伝え始める。

「上手《うま》く言えないんだが……君が今、どんなふうに自分を想ってくれているかを確かめたいと思った。前のように好きでいてくれるといいと、そう願っていた。多分その理由は……」

「先生、僕に言わせてください」

と、奏の言葉を橘が遮る。彼の目は今や爛々《らんらん》と輝き、頬はすっかり紅潮して彼の興奮を物語っていた。瞳の煌《きら》めきに魅入られ、一瞬声を失っていた奏の両腕に橘の両手が伸びてくる。しっかりと上腕を掴《つか》まれ、奏の身体《からだ》が強張《こわば》りかける。普段の橘であれば、すぐにそれに気づき手を離しただろうに、余程興奮しているのか彼はそのまま熱く語り始めた。

「好きです。今も昔もかわらず、先生が好きです。一生、隠しておくつもりだったのが、前に気持ちをぶつけてしまい、もう傍にいることはできないと覚悟もしました。本当に後悔したんです。たとえ自分の気持ちを受け入れてもらえなくても、ずっと先生の傍にいたかったから。誰より近くであなたを支えたいと願っていたから。なので今の状況でも、僕としては本当に満足していたんです。なのに……なのにもしかしたら僕は……」

冷静な橘とは思えない、自身の感情をコントロールできない様子でただ言葉を吐き出しているように見える。そんな彼はここで声を失ったように黙ると、信じがたいというように奏を見つめたあと、おずおずと問い掛けてきた。

「先生も……もしや、僕を好きでいてくれていますか？」

そういうことなのだ。問われてようやく奏は答えを見つけたと確信した。

「ああ」

多分、と付け加えそうになったのを飲み込み、橘を見上げる。

そうだ。彼の気持ちを知りたいと願ったのは、自分もまた彼を好きであるからだ。その『好き』は担当編集としてでも、友人としてでもない。彼がかつて自分に告げたように、恋情としての『好き』であり、触れたい、触れられたいと願う『好き』だ。

「……奇跡だ……」

橘はおそらく、奏が頷《うなず》くことを期待していたのではないかと思われる。期待どおりだっただろうに、彼の口からぽろりと零《こぼ》れた言葉は、奏が思わず笑ってしまうようなものだった。

「奇跡ってほどじゃないだろう」

「いや……夢でも見ているんじゃないかと疑ってます。本当に現実なんですね。冗談でも嘘でも、それに気を遣ったからでもなんでもなく」

しつこいくらいに確認を取ってきたあと、橘が我に返った顔になる。

「……失礼しました。取り乱しました」

「本当だな」

こんな彼もまた、奏は見たことがなかった。悪いと思いながらもやはり笑ってしまっていた奏だが、真摯《しんし》な表情となった橘が近く顔を寄せてきたのには、ドキリとしてしまった。

「好きです。ずっと好きでした。愛してます、先生」

「……気づかずにいて悪かった」

自然と謝罪の言葉が奏の口から零れる。

「謝ってもらうようなことじゃありません。それに、気づかれないように、細心の注意を払っていましたから」

橘が微笑み、更に近く顔を寄せる。

「あなたの傍にいたかったから」

「……本当にわからなかった。もう、前のように好いてはいないのかと、それが不安だった」

酔っているわけではない。食事もこれからだ。キッチンでまさに、すき焼きの準備をしていたというのに、なんだか気持ちが昂揚《こうよう》していて、普段は気にしているはずの恥や体面が失われていることを、奏は自覚できていなかった。

ただただ、嬉しかった。橘の告白に天にも昇る気持ちとなっている。彼の気持ちが自分から離れていないと知ったとき、安堵すると同時にこの上なく幸せな気持ちになった。

好きだから――。

これが恋愛。今まで恋愛をテーマに何冊もの本を上梓《じょうし》してきたが、自身は一生体験することのないものだと諦めていた。しかし今、まさに自分は恋の、そして愛の真《ま》っ直中《ただなか》にいる。

それこそ信じがたい、と奏は橘に手を伸ばそうとした。腕を動かしたからか、上腕を掴んでいた橘の手に一層力が籠もったかと思うと、そのまま抱き締められる。

「愛してます。先生」

「……うん」

愛してる――自分の胸にあるこの感情もおそらく『愛』に違いない。言葉にするよりも、と、奏は橘の背に回した手で彼をしっかりと抱き締めた。橘が息を呑《の》んだのを感じた次の瞬間、一層強い力で抱き締め返され、今度は奏が息を呑む。

「……先生」

背に回した腕を解き、少し身体を離した橘が、少し掠《かす》れた声で奏に呼びかけてくる。

「……ん?」

「キス、してもいいですか?」

「……聞くな」

答えは勿論《もちろん》、イエスだった。が、それを口にするのは躊躇《ためら》われた。今更羞恥が戻ってきたのだが、橘はそんな奏の心理を無事、見抜いてくれたようだった。

「はい。聞かないでやらせてもらいます」

目を細めて微笑み、そう言うと奏の頬を両手で包み唇を塞ぐ。

「ん……っ」

キス——人生、二回目のキスだと、そんなことを考えていられたのは一瞬だった。熱い唇の感触に、歯列を割り挿入された舌の動きの力強さに、早くも立っていられなくなり、橘に縋《すが》り付く。

「……先生……」

唇を微《かす》かに離し、橘が囁《ささや》くようにして呼びかける。熱い吐息が唇にかかり、ますます橘に縋り付いた奏をしっかり抱き締め、耳元に口を寄せ、囁く。

「……食事はあとにして、ベッドにいきませんか」

「…………」

背筋をぞわりとした感覚が這《は》い上る。鼓動が高鳴り、頬に血が上るのがわかる。羞恥が募るが、それでも奏の首はしっかりと縦に振られていた。

「ありがとうございます」

橘の声は酷く嬉しそうだった。顔も笑っているのだろうかと、奏が身体を離そうとするより前に、橘によって抱き上げられてしまう。

「おい……っ」

突然のことで奏は動揺した。つい、咎《とが》めるような声音となってしまったが、橘は最早、動揺しなかった。

「こういうの、夢だったんです」

奏に微笑みかけてくる、その顔は彼が想像したとおり本当に嬉しそうだった。そんな顔を見ると、奏まで幸せな気持ちになり、思わず微笑む。

橘は奏の部屋の中を熟知しているため、迷うことなく寝室へと向かうと、奏をそっとベッドに下ろした。

「明かりを消してほしい」

覆い被さってくる橘に、羞恥から奏が頼むと、橘は残念そうな表情になりながらも奏の希望を聞き入れ、小さな明かりだけ残して電気を消してくれた。

今更のように奏は、緊張してしまっていた。キスの経験もなかった彼にセックスの経験があるはずがなく、成人してからは人前で服を脱いだことすらないような状態だった。自然と強張ってしまっていた身体に、橘の手が伸びてくる。

「橘君」

指先が触れる直前に、呼びかける。

「はい」

橘は返事をしたが、動きは止まらなかった。躊躇いなく奏のシャツのボタンを外し始めた彼に、堪《たま》らずまた声をかける。

「俺は……こうしたことは、本当に初めてなんだ」

と、橘の指先が一瞬止まったかと思うと、はあ、と抑えた溜め息が上から響いてくる。

「……煽《あお》らないでください。僕ももう、ギリギリなので」

「煽る？」

意味がわからず問い返したが、橘は答えることなく、ボタンを外し終えると奏のシャツを脱がせた。続いてジーンズを脱がそうとする彼に、いたたまれなさからまた、奏は声をかけた。

「君は経験あるのか？　当然あるよな」

聞いてから、こんなことは聞かなければよかったとすぐに後悔する。『ない』と言われるはずはない。『ある』と答えるだろうが、それを聞いて自分がどんな思いに陥るか、すぐに想像できたからだった。

いい気持ちはしない。その相手と自分は比べられるだろうかとか、そんな余計なことを考えるに違いない。

それで奏は、『答えなくていい』と告げようとしたのだが、そのときにはもう橘が口を開いていた。

「本当に好きな相手とは初めてですよ」

「それもなんだか……」

好きではない相手としたというのは、どうなのだろう。相手のほうは橘を好きだったのではないか。ほら、やはり余計なことを考えてしまっている、と反省していた奏に、橘が声をかけてくる。

「……でもこれからは、先生だけです」

「……俺も」

これまでもこれからも。そう告げると橘はまた、一瞬動きを止めたあとに、やりきれないというような表情になり奏を見下ろしてきた。

「先生……本当にもう、煽りすぎです」

「意味がわからないんだが」

今度こそと問い掛けたが、橘の答えは、

「すぐわかります」

という、ますます意味のわからないもので、首を傾げる。と、その隙にと思ったかどうかは不明だが、橘が奏のジーンズを下着ごと下ろし、脚から引き抜いた。

一人全裸にされた恥ずかしさは、だが、すぐに解消された。手早く服を脱ぎ捨てた橘が覆い被さってきたからである。

その頃には小さな明かりにも目が慣れ、奏は橘の裸体を見ることができるようになってい
た。随分着痩せしていたのだなと感心する胸板の厚さや綺麗《きれい》に割れた腹筋を思わずまじまじと見てしまう。

「……綺麗です。先生」

奏が見えるということは橘もまた奏の裸体を観察できるということで、感極まったような声でそう言われ、馬鹿な、とつい、彼を睨《にら》んだ。

「世辞はいいよ」

「お世辞じゃありません。本当に夢のようです。先生をこうして……抱けるなんて」

うっとりとした目を向けてくる、その顔もよく見える。確かに言葉どおり、嬉しそうではあるが、と奏は己の身体を見下ろしたあとに、再び橘の鍛え抜かれた見事な体軀《たいく》を見やった。

「君の身体のほうが素晴らしいと思う」

「先程の言葉をお返しします。お世辞はいいです」

「世辞なものか」

お互い、軽口に逃げていることを自覚し、そんな互いの胸の内もわかって、二人して思わず顔を見合わせ苦笑する。

「……愛してます」

その言葉が、橘が行為を始めようとする合図となった。ゆっくりと覆い被さってきた橘の唇が奏の首筋に当たると同時に、彼の手が奏の裸の胸を這い始める。

乳首を掌《てのひら》で擦《こす》り上げられ、びく、と身体が震える。吐息が漏れそうになり、羞恥から唇を噛んで堪える。と、それがわかったのか、橘は、今度は勃《た》ち上がった乳首を指先で摘《つ》まみ上げてきた。

「あ……っ」

電流のような刺激を受け、奏の口から喘《あえ》ぎが漏れる。しまった、とまた唇を噛もうとするが、橘はそれを許さなかった。

首筋から下りてきた唇が、もう片方の乳首をとらえ、舌先で転がし始める。

「や……っ……あ……っ……」

両方の胸を、指で、唇で、舌で弄《いじ》られ、ときに軽く歯を立てられる。どうやら奏は感じやすい体質らしく、また、今までまるで経験がなかったことも相俟《あいま》って、胸だけでいきそうなほどに昂《たか》まってきてしまっていた。

「あ……っ……あぁ……っ……あ……っ」

気づけば羞恥を手放し、はっきりと喘いでしまっている。しかしその自覚は、奏にはまるでないのだった。いやいやをするように首を横に振り、身を捩《よじ》る。そんな動きが橘の劣情をいかに煽るかも自覚できるはずがなく、そんな奏の姿を堪能したいと願う橘の愛撫《あいぶ》はより濃厚に、そして執拗《しつよう》になっていった。

「や……っ……あっ……あぁ……っ」

音を立てて胸をしゃぶられ、強く乳首を抓《つね》られる。その指は捩れた腰へと向かい、すでに勃ち上がっていた雄を摑んできた。

「や……っ」

当然ながら、他人に雄など握られたことがなかったため、奏は一瞬素に戻りかけた。が、勢いよく竿《さお》を扱《しご》き上げられ、またも快楽の坩堝《るつぼ》に突き落とされることになった。

先端のくびれたところを親指と人差し指の腹で擦り上げられ、尿道に爪を立てられる。竿を扱き上げられ、陰嚢《いんのう》を揉みしだかれと、間断なく雄を攻められては我慢などできようはずもなく、すぐに奏は達し、高い声を上げながら橘の手の中に白濁した液を飛ばしていた。

「あぁ……っ」

頭の中が真っ白になり、恍惚感に包まれる。乱れる息の下、すっかり身体が弛緩《しかん》していた奏は、両脚を抱え上げられたことで我に返り、橘を見やった。

「つらかったら言ってください」

そう告げた橘のほうがつらそうに見える。その理由はもしや、と奏は彼の下半身を見やった。雄が勃ちきり腹につきそうになっている。自分ばかり、よくしてもらって申し訳なかったと、罪悪感を覚えていた奏だったが、橘の指が後ろへと伸びてきたときには、思わず身体を強張らせてしまっていた。

知識としては知っていた。橘と抱き合うとなったとき、自分は抱かれる側だろうなという覚悟もできていた。が、実際、その場になってみると、やはり怖いという気持ちにはなった。

橘が怖いというわけではない。初めての体験だから腰が引けてしまっているだけだ。それが伝わるといいと願い、橘を見上げる。

「大丈夫です。力、抜いてください」

橘にそう微笑まれ、思いが通じているとわかり安堵する。が、彼の指がそこへと挿入され、中を弄《まさぐ》り始めるとやはりどうしても奏の身体は強張ってしまった。

今まで得たことのない感覚だった。苦痛はない。だが、気持ちがいいというわけでもない。なんともおかしな感じがする。自然と眉を顰《ひそ》めてしまっていた奏を見下ろしながら、橘は執拗に中を弄っている。

その指先が入口ちかくのコリッとした部分に触れたとき、奏の身体は自分でも驚くほど、びくっと震え、雄の先端からぴゅっと液体が滴った。

「……え？」

身体がふわっと浮くような、不思議な感覚だった。

「ここですね」

橘が安堵したように微笑みかけてくる。またも意味がわからなかったが、彼が笑っているのが嬉しい、と奏もまた微笑んだ。

橘の指が、同じところを執拗に弄る。そのうちに奏の身体は、自分でもよくわからない変化を見せ始めた。

自然と力が抜け、橘の指を奥へ奥へと誘おうとするかのように内壁がひくつく。息が上がり、肌が汗ばむ。雄はいつしか完全に勃ち上がり、先端からは透明な液が竿を伝って滴り落ちていた。

「あ……っ……あ……っ……」

快楽の波が押し寄せる。波はまるで引く兆しはなく、より大きな波となり奏を飲み込もうとする。

なんだろう。この感覚は。もどかしい。このひくつくところを埋めてくれる、何かがほしい。

既に思考力はまともに働いていなかったので、その『何か』がなんであるかという答えまではわかっていなかった。

「つらかったら言ってください」

遠いところで橘が何かを告げているのがわかる。何を言われているのかもわかっていなかったが、思いやりの気持ちは痛いほどに伝わってきたので、何度も頷いた。

いつしか本数が増えていた指がそこから抜かれ、かわりに熱い塊が押し当てられる。

「あ……」

先端がめり込むようにして挿入され始めてようやく、奏は橘がしている行為を理解した。閉じてしまっていた目を開き、己の両脚を抱え上げていた橘が、その雄を今まさに自分のそこへと挿入しようとしている姿を見つめる。

橘によって充分に慣らされていたからだろう。苦痛はなかった。それでも橘は気を遣ってくれているらしく、ゆっくり、ゆっくりと腰を進めてくれた。

疼《うず》いていたところを満たしてくれる。これこそが自分の望んでいたものなのだと実感していた奏は、ようやく橘が己の雄を埋め終え、二人の下肢がぴたりと重なったときには、自然と微笑んでいた。

「大丈夫ですか？」

橘はどこまでも奏を案じてくれる。心配そうに問い掛けてきた彼に奏は、

「大丈夫」

と答え、微笑んだ。

「……一つになれて、嬉しい」

こうして繫《つな》がっていることに幸せを感じる。本心からそう思えていたため、そのままの気持ちを告げた奏を見下ろし、橘が困ったように笑う。

「先生……お願いです。本当にこれ以上煽らないでください。我慢できなくなります」

「我慢しているのか？」

自分はこうも満たされているのに、一方、橘が何かを我慢しているのだとしたら申し訳ない。心配になり問い掛けた奏に橘は、更に困った顔になったあと、

「我慢というほどではないんですが……」

と少し言いづらそうにしつつ口を開いた。

「動いていいですか？」

「……ああ……？」

動く？　わからなかったが、それが望みなら、と奏は大きく頷いた。わかっていないのがわかったようだが、橘は、

「つらかったら言ってください」

と今までに何度か告げた言葉を繰り返したあとに、ゆっくりと腰の律動を始めた。

ようやく『動く』の意味を解したが、橘が案じたような苦痛はまったくなかった。苦痛どころか、奥深いところを突き上げられるたびに奏の興奮は増し、やがて絶頂に上り詰めることとなった。

「あ……っ……ああ……っ……あっあっあっ」

内壁が摩擦で焼けるように熱くなる。力強い、そしてリズミカルな突き上げに、奏の肌はますます熱し、鼓動はますます高鳴っていった。

息苦しいほどに喘ぎ、身悶《みもだ》える。二人の下肢がぶつかるたびに立てられる、空気を孕んだパンパンという音はかなり高く響いていたが、己の喘ぎに紛れ奏の耳には届いていないような状態だった。

「あぁ……っ……もう……っ……もう……っ」

身を仰《の》け反《ぞ》らせ、喘ぐことで絶頂が近いと伝える。無意識ではあったが、奏が発した信号を橘が見落とすはずもなく、二人の腹の間で張り詰めていた雄を握ると、一気に扱き上げてくれた。

「あーっ」

直接的な刺激に奏はすぐに達した。

「……っ」

射精を受け、激しく収縮する後ろに締め上げられたからか、橘もほぼ同時に達し、奏の上で抑えた声を漏らす。

ずしりとした重さを己の中に感じる奏の胸は今、この上なく充足に満ちていた。

「……先生……」

橘が愛《いと》しげに呼びかけながら、汗で張り付く前髪を指先で梳《す》いてくれ、奏の呼吸を妨げぬよう、額に、頬に、鼻に、そしてときに唇に、細かいキスを何度も落としてくれる。

「愛してます」

キスの合間に繰り返し、告げてくれる愛の言葉に、奏の胸は熱く滾る。

しかしこんなときまで『先生』と呼びかけられるのはなと苦笑すると奏は、息が整ったら呼び方を変えてほしいと――名前を呼んでほしいと告げようと心を決め、彼もまた愛しさをこめた視線を橘へと向けたのだった。

あとがき

　はじめまして&こんにちは。愁堂れなです。この度は九十八冊目のルチル文庫となりました『アンドロイドは愛されない』をお手に取ってくださり、誠にありがとうございました。

　本作は美貌の小説家と、彼を崇拝している年下編集者、そして金髪碧眼超美形のアンドロイド家政婦レイチェルの三人の、もどかしくも切ないラブストーリー（を目指しました・笑）です。自分でもとても気に入った作品となりましたので、皆様にも少しでも楽しんでいただけましたら、これほど嬉しいことはありません。

　イラストの蓮川愛先生、今回も本当に本当に本当に！　夢のような幸せをありがとうございました‼　先生とご一緒させていただけるときにはつい欲張ってしまって、美形祭りとなるのですが（すみません……）本作でも、もうもう！　ときめきまくってどうしようかと思いました。レイチェルの絶世の美貌に！　奏の美しさに！　橘のかっこよさに！（語彙なくてすみません……）キャララフをいただいた際には興奮しすぎてテンションおかしくなってました（照）。本当にたくさんの幸せをありがとうございました。ご一緒できて本当に嬉しかったです！

　また、今回も大変お世話になりました担当様をはじめ、本書発行に携わってくださいましたすべての皆様にこの場をお借り致しまして心より御礼申し上げます。

何より本書をお手に取ってくださいました皆様に御礼申し上げます。

レイチェルのようなアンドロイド家政婦、ほしい……と切実に思いながら書いてました（笑）。時代設定は近未来なのですが、アンドロイド家政婦が普通に使われるようなときはもう、移動手段も車じゃなく空飛ぶ自動車とかになっていそうですね（笑）。

あまり書いたことのないタイプのお話だったのではと思うのですが、いかがでしたでしょうか。ご感想をお聞かせいただけると嬉しいです。心よりお待ちしていますね。

実はこの十月で、デビュー二十周年を迎えます。二十年て！　生まれた子供が成人式……じゃなかった、もう十八歳で成人か。成人式も十八歳？　やっぱり二十歳？……ではなくて！　本当に自分でも信じられない長い歳月、書かせていただいたんだなと改めて実感しています。これもいつも応援してくださる皆様のおかげです。本当にありがとうございます！

次の次の本でルチル文庫様からの発行が百冊となります。一レーベル様から百冊も出していただけるなんて本当にありがたいことと感謝の気持ちでいっぱいです。

これからも皆様に少しでも楽しんでいただけるものが書けるよう、精進して参ります。今後ともどうぞよろしくお願い申し上げます。

また皆様にお目にかかれますことを切にお祈りしています。

愁堂れな

✦初出　アンドロイドは愛されない……………書き下ろし
それから………………………………………書き下ろし

愁堂れな先生、蓮川愛先生へのお便り、本作品に関するご意見、ご感想などは
〒151-0051 東京都渋谷区千駄ヶ谷 4-9-7
幻冬舎コミックス　ルチル文庫「アンドロイドは愛されない」係まで。

幻冬舎ルチル文庫

アンドロイドは愛されない

2022年10月20日　　第1刷発行

✦著者	愁堂れな　しゅうどう れな
✦発行人	石原正康
✦発行元	株式会社 幻冬舎コミックス 〒151-0051 東京都渋谷区千駄ヶ谷 4-9-7 電話 03(5411)6431［編集］
✦発売元	株式会社 幻冬舎 〒151-0051 東京都渋谷区千駄ヶ谷 4-9-7 電話 03(5411)6222［営業］ 振替 00120-8-767643
✦印刷・製本所	中央精版印刷株式会社

✦検印廃止

ISBN978-4-344-85104-7　C0193　Printed in Japan